Jens Korbus

„**Das ganze Leben ist ja ein Traum.**"
Charlotte von Stein am 27. Juni 1787
an ihre Schwester

Die Deutsche Nationalbibliothek verzeichnet diese Publikation in der Deutschen Nationalbibliothek; detaillierte bibliographische Daten sind im Internet über http://dnb.d-nb.de abrufbar.

© 2022 Jens Korbus
Herstellung und Verlag:
BoD – Books on Demand, Norderstedt

Layout und Cover: Manuela Wirtz, www.manuwirtz.de
Coverbild: Goethe, Frauenbildnis, 15. März 1777 (sehr wahrscheinlich Portrait der Charlotte von Stein)

Printed in Germany
ISBN: 9783756820634

JENS KORBUS

„Das ganze Leben ist ja ein Traum."

Charlotte von Stein am 27. Juni 1787 an ihre Schwester

Eine Geschichte aus dem Leben von Charlotte von Stein

Was will ich denn? Das ist mir lange nicht geschehen.
Turgenjew, Aufzeichnungen eines Jägers

Eins

Eine von Süden nach Norden ansteigende Ebene, die im Sommer von Blumen und Gras bewachsen war. Mitten darin lag der kreisrunde Hyllige Born und der quadratisch eingefasste Brodelbrunnen mit einem hölzernen Rost. Ansonsten gab es in der Umgebung nur das Schloss und einige Bauerndörfer. Pyrmont war ein Modebad von europäischem Rang und hatte sich dadurch schnell zur Stadt nebenan entwickelt. Das Heilwasser wurde auch in bauchigen Flaschen verschickt. Es gab Hauptniederlassungen in Bremen, Hamburg und Amsterdam. Die Nutzung der Quellen und der Handel mit dem Brunnenwasser waren Vorrecht des Fürsten von Waldeck-Pyrmont.

Charlotte wusste, dass die Menschen nicht nur von der Pyrmonter Quelle, sondern auch von ihrem Fluidum affiziert wurden.

Hier, bei ihrem dritten oder vierten Besuch in Pyrmont wurde ihr schnell klar: War sie überhaupt zur Heirat bestimmt? Sie hatte sich damals, dank ihrer Tanzkunst und ihres Fluidums, den bestaussehenden und schönsten Tänzer gegriffen, sich mit ihm verbunden, ihn auch abhängig gemacht. Außer zum Kinderzeugen sah sie ihn niemals, denn er war als Oberstallmeister für den Herzog viel unterwegs. Er aß an der Hoftafel, und hinterher ging es ums Kartenspielen und um Wein. Sein Wasserschloss in Kochberg, das jetzt auch ihr gehörte, war eine Zuflucht für sie geworden. Bezahlt hatte sie mit den sieben schweren Geburten.

Zimmermann hatte ihr gezeigt, wie man verhütete. Aber ihren Spallanzani, der darüber geschrieben hatte, hatte sie selbst gelesen. Dass ein Jesuitenmönch herausgefunden hatte, wie alles vor sich ging! Dank Spallanzanis Büchern wusste sie auch, wie Verdauung funktionierte. Die Pyrmonter Quellen hatten inzwischen einen Ruf.

Sie war ein paar Tage vor Zimmermann in Pyrmont gewesen und war in einem Flügel ihres Hauses abgestiegen. Mittags und abends eine ordentliche Mahlzeit. Die älteren Kurgäste bekamen immer die oberen Sitze. Manchmal aß sie auch im Friedensthal, aber nur wenn es trocken und warm war. Zu den Bällen am Abend ging sie nicht, obwohl sie gerne tanzte. Den Adel erkannte man gleich. Gier, finstere Glut, aber Sitten. Natürlich gab es auch in ihrer Unterkunft Wanzen, wie überall.

Sie war nach Pyrmont gereist, um sich über die Beziehung zu Goethe klarzuwerden. – Sie hatte ja Zeit. Und er würde ihr ins Fürstentum Waldeck schreiben. Ihre Freundin, Isabell von Wartensleben, hatte sie gefragt: „Ist Goethe verführerisch?" – Natürlich war er das. Aber sie war dreiunddreißig und als sie am Morgen in den Spiegel sah, war sie erschrocken, wie blass und hohlwangig sie war. Ich bin nicht mehr jung, dachte sie. Es wird Zeit, dass ich der Realität ins Auge blicke. Stein ist ein guter Ehemann, aber auch nur das. Sie hatte am Hof Anna Amalias sechs Jahre warten müssen, bis sie sich Stein hatte greifen können. Wer hatte denn von Liebe gesprochen? Es gab ein schönes Gemälde von Francesco Furini: „Die Zeit enthüllt die Wahrheit." Aber die Wahrheit änderte sich jeden Tag. Als sie das erkannt hatte, wusste sie, dass sie eine Auszeit brauchte. Wer wollte eine dreiunddreißig Jahre junge Person, die zu Lebensweisheiten neigte, noch haben? Obwohl sie eigentlich noch rösch war und nur ihren letzten Sohn gestillt hatte. – Der junge, glänzende Josefskörper Goethes. Aber alles war zu schnell gegangen. Sie hatte ein Glücksgefühl bekommen, anders als bei Stein. Natürlich konnte eine Frau von dreiunddreißig Jahren einen jungen, berühmten Fant nicht an sich binden, ohne ihm etwas von ihrem Körper zu geben. Danach sofort das Du. Mochte der Hof es ruhig Seelenfreundschaft nennen. Der Leib hatte es der Seele gezeigt. Seelenfeind? – Konnte auch sein! Die Seele war im Leib, jedenfalls für eine Frau mit sieben Kindern. Sie beherrschte die Liebeskunst vollkommen. Und sie war klar und unprätensiös.

Die Männer waren kein verächtliches Geschlecht, wie eine Hofdame behauptet hatte. Manchmal hatte sie das Gefühl, sie könne eine Romanfigur besser bewerten als einen lebendigen Mann. Wenn es nicht reichte, hatte sie Goethe, der ihr alles erklärte. Was durch seine Vorstellung gegangen war, würde sie nie vergessen. Natürlich redete man in Weimar über ihre Beziehung. Es hatte, seit Goethe in Kochberg gewesen war, immer etwas Hohn, Spott und Herabsetzung gegeben. Liebhaber waren die Norm, wenn die Ehe zu Ende war und die Kinder geboren waren. Aber es war nicht erlaubt, den Stolz des Ehemannes zu verletzen und dadurch seinen eigenen Ruf zu schädigen. Dazu war Charlotte zu sehr im Hof und seinen Intrigen verankert. Die Herzogin Luise würde sich dann vielleicht von ihr abwenden. Sie konnte Stein keine Fallen stellen, dazu war er zu viel unterwegs.

Vielleicht hielt man sie hier in Pyrmont für eine alte Jungfer oder für eine Frau ohne Liebhaber. Wenn sie am Brunnen jemand in einem Gespräch danach fragte, sagte sie, dass es niemand gebe. Sie log gut und unauffällig und verstand es auch, einem Gespräch eine andere Richtung zu geben, ohne dass der Andere es merkte. Man hatte sie vielleicht mit einer Reihe kecker Hofleute in Verdacht, aber auf Goethe war noch niemand gekommen. Ihre Weimarer Wohnung lag zwanzig Minuten von seiner entfernt. Ein paarmal hatte sie ein Armband in seinem Bett vergessen, und er hatte in den Zettelchen, die er jeden Tag an sie schrieb, von „Torheiten" gesprochen. Sie musste wachsam und geduldig sein. Nie einen Misserfolg haben, nicht einmal andeuten. Dass ihr ihre vier Mädchen gestorben waren, war auch anderen passiert. Die Angst vor einem neuen Kind. Stein war Pietist. Dass er so hervorragend tanzte, hatte sie zusammengebracht. Zehn Jahre lang war sie selbstlos gewesen. – Wenn es Zimmermann nicht gegeben hätte, der sie auch liebte! – Sie war nicht wert, *ihm die Schuhriemen zu lösen.* – Es gab Frauen, deren Schlaf kein Gewissen störte und die hier im Bad jeden Moment ihres Lebens genossen. – „*Obs Unrecht ist, was ich empfinde?*" hatte sie auf die Rückseite eines von Goethes Briefen geschrieben, ihre Antwort aber nicht zurückgeschickt. Das Gedicht hatte bewiesen, mit welcher Willenskraft sie ihren Geliebten gehalten haben musste. Zimmermann hatte gesagt, jetzt, wo sie zehn Jahre verheiratet sei und sieben Kinder habe, könne sie genauso unmoralisch sein, wie jede andere Ehefrau in Weimar. Und bei ihren ungenutzten Kapazitäten sei das überhaupt nicht schlimm. – Sie war trotzdem froh, dass das Körperliche nicht ihr einziger Grund war, Goethe zu lieben. Mit dem Werther hatte er der ganzen Welt bewiesen, dass er liebenswert war. Ihre Kapazität für unmoralisches Handeln war noch lange nicht genutzt.

Obwohl man sie für fromm hielt. Ihr Antlitz, das sie am Morgen im Spiegel gesehen hatte, war zwar blass, aber immer noch jünger als das der Frauen um sie herum. – Körper und Geist! Auch ihr Erkenntnisinteresse würde bei Goethe nicht zu kurz kommen. Vielleicht würde sie auch einmal ein Theaterstück schreiben! – *Das schöne Geld, das man dafür bekam.*

Zimmermann war der Leibarzt des englischen Königs. Er hatte gesagt, dass man im Fürstentum Waldeck alles machen könne, wenn man Geld habe. „Like everywhere“, war er fortgefahren und hatte gelacht. War sie wirklich eine der Frauen, von denen man nur wusste, dass sie nicht mehr ganz jung waren. Sie trug doch keinen Friedhof mit sich herum! Diese Sätze, dass die Zeit alle Wunden heile und dass man alles vergessen könne, auch den größten Schmerz. Sie konnte darüber nur lachen. Sie hatte schon ganz andere Treulosigkeiten überstanden: Einsiedel, Rotberg, Dürkheim!

Ein paar Männer mit Dreispitz, Frauen mit viel zu kleinen Sonnenschirmen, lustwandelten (so nannte man das hier) unter den hohen Baumstämmen. Warum schnallte man sich beim Brunnenspaziergang einen Degen um? Ein paar kleine Hunde sprangen sie an. Sie bückte sich und streichelte sie. Sie mochte Hunde. Goethe nicht. Sie fanden eine leere Bank und die Oboisten stimmten den Morgenpsalm an. Dann englische Tänze. Die Brunnengäste wollten aufgemuntert sein.

„Nur drei Gläser Wasser“, sagte Zimmermann, „zum Baden ist es noch zu früh!“

„Goethe ist so jung“, sagte sie beim Trinken, „aber er hat ein eigentümliches Wissen um die Frauen. Transzendent.“

„Kenntnisse kann er kaum haben", sagte Zimmermann, „aber er hat die Idee der Frau. Er hat sie aber als eine tiefe innere Formlosigkeit."

Draußen sah man die feine Welt in vollkommener Bewegung in der großen Allee. Gezeitenwelle beider Geschlechter. Alle noch in Morgenkleidung. Diejenigen, die sich schon um vier Uhr morgens zum Trinken angestellt hatten, mussten der folgenden Welle Platz machen.

„Ich bin eine Frau, und genauso gut wie ihr! Ich will dieses junge Genie haben! Wahrscheinlich war ich es, die ihn nach Weimar gelockt hat. Ich habe geträumt, dass in meinem Gästezimmer ein kleiner Benjaminibaum stand und dabei war, zu vertrocknen. Ich stand auf, um ihm Wasser zu geben, da sah ich, dass es ein Traum war."

„Natürlich verwirrt der Traum den Geist", sagte Zimmermann, „mit der Seele kommt man nicht weiter, es bedarf der Philosophie. Wir nehmen die Welt nur in Wirklichkeitsschnipseln wahr. Der Traum zeigt uns, wie wenig wirklich diese Schnipsel sind und wie wir die Welt ohne unsere Sinnesorgane wahrnehmen würden."

„Die Philosophie, das sind Sophismen", sagte sie, „alle!" Sie fuhr fort: „Goethe wartet noch in Weimar, aber die Beziehung ist noch nicht zu Ende. Jedenfalls nicht von seiner Seite. Nicht ganz! Das spüre ich! – Ich werde ihn auf meiner Rückreise in Ilmenau besuchen! Natürlich wartet mein Mann nur auf so etwas, um die Scheidung einzureichen. Das würde mich im ganzen Herzogtum unmöglich machen. Und wovon soll ich dann leben? Ich habe drei Söhne. Die sind alle vom Hof abhängig. Es würde uns zu Aussätzigen machen."

„Was bekommt er von dir?" fragte Zimmermann.

„Er bekommt eigentlich nichts!"

„Da ist auch noch Anna Amalia, die junge Mutter von Carl August", sagte Charlotte.

„Irgendwann wird er genug haben", sagte Zimmermann.

Sie sah sich um. – Es gab niemanden in diesem Park, in den sie sich hätte verlieben können. Die Menschen am Sprudel sahen ausdruckslos hinüber. Zimmermann sagte, sie habe das Gesicht einer schönen Frau.

„Man gewinnt die Welt nicht durch Tugend", fuhr er fort, „schmieden Sie das Eisen, solange es noch warm ist."

Sein Gerede über Goethe und Anna Amalia störte sie nicht. Es war kein Unrecht, was sie empfand, und mit „Sünde" hatte sie gar nichts mehr am Hut. – Sie hatte noch ein paar Wochen Zeit, und natürlich würde sie das Verhältnis ausdehnen. Jetzt, wo er so weit von ihr entfernt war, schwand ihre gewohnte Sachlichkeit und es kam etwas Romantik auf. Vielleicht war ihre einzige Attraktivität ihre Klugheit. Notlösungen würde sie nicht akzeptieren. Zimmermann dachte, dass sie zu dünn war und dass sie zu viel nachdachte. Er hatte es ihr gesagt, und seitdem hatte sie begonnen, richtig zu essen. – Auf seinem ersten Brief war Goethe ja schon zum Du gewechselt. Wie sollte man einer Frau „Sie" schreiben, die man in den Armen gehalten hatte? Sie hatte genauso viel manipulative Fähigkeiten wie Goethe, aber Goethes Abwesenheit war ein Mangel. Jedenfalls hatte sie ihn nicht abgewiesen.

Hatte sie Rivalinnen? – Ja! – Goethe hatte ihr erzählt, er wolle im Winter eine schöne, junge Sängerin aus Leipzig nach Weimar holen. Das machte ihr gar nichts, denn die würde über kurz oder lang Carl August in die Hände fallen. Sie hatte in ihrer Ehe nur ein paar Mal zaghaft versucht, sich zu nehmen, was das Leben ihr bot. Aber selbst Knebel hatte sich nicht richtig getraut. – Liebesaffären sprachen sich in Weimar schnell herum. Und der Aufstieg eines jungen Fants zum Geheimen Rat war vor allem Anna Amalia, der Herzoginmutter zu verdanken, die fast genauso alt war, wie sie, Charlotte von Stein. Im Übrigen nützte ein zwischenzeitlicher Liebhaber gar nichts. Jung und lange war das Richtige.

Sie verbrachte einen großen Teil des Tages mit Gedanken an Goethe. Mit der Welt würde sie sich nie abfinden. Die konnte sie durch Klugheit, Geschick und ihre Tanzkunst zu umgehen versuchen.

Wie hart ich denke, dachte sie. Als wäre ich nicht mehr jung. Aber ich bin jung. Sie würde sich nie entschließen können, Goethe laufen zu lassen. Er würde sich sofort der Nächsten zuwenden. – Stein hatte nicht einmal eine Anspielung gemacht.

Zwei

Sie wusste, dass Zimmermann sich Notizen machte. Ganz Weimar wusste, dass sie mit Einsiedel, Rotberg und Dürkheim befreundet gewesen war. Zimmermann hatte ihr gesagt, dass Männer, wenn sie ihre Liebhaberinnen satt hatten, sie an ihre Freunde weitergaben. – Goethe würde sie nur mit ihrem Geist halten. Der Geist war im Kopf, und so hatte sie ihn für sich gewonnen. So wie sie Stein aus ihrem Kopf und ihrem Leben ausgesondert hatte. Aber Goethe ging *auf aller Frauen Spur*. Sie musste mehr Härte zeigen. Er war eigentlich das, was man *coquet* nennt. Es gab Dinge bei einer Frau, gegen die ein Mann nicht ankonnte. Erst hatte sie gedacht, Anna Amalia habe ihn an sich gebracht. Jetzt, mit dreihundert Meilen Entfernung, merkte sie, dass sie ihn noch hatte. Ein Patriziersohn! Er kam genau richtig, um Steins Lücke zu füllen. Stein war gutartig. Er hatte Carl August damals auf der Frankfurtfahrt begleitet und Goethe vor ihr kennengelernt. Aber Zimmermanns Strategie, ihnen ihre Schattenrisse zu zeigen, war aufgegangen. Die Familie von Stein würde die Dynastie fortführen, mit Carl, Ernst und Fritz. Goethe hatte sich ein bisschen in ihren Fritz verliebt und ihn in sein Haus aufgenommen, um ihn zu erziehen. Er hatte in der Zeit den „Erlkönig" geschrieben: *„Mein Sohn, mich reizt deine schöne Gestalt."* In jedem Menschen gab es etwas, dass nicht in Ordnung war, hatte Dürkheim immer wieder zu ihr gesagt. Bald würde ihre Familie eine neue Wohnung an der Ackerwand erhalten. Goethe hatte sie ausgeguckt, und er würde sie auch für sie einrichten. Stein kümmerte sich um nichts. Der neue Hausfreund war auch ein Ausführender geworden. Vorerst!

Sie erinnerte sich an ihren letzten Ball in Weimar. Er hatte sich an die Aufführung eines Goethe-Singspiels angeschlossen. Knebel hatte seiner Schwester davon berichtet und ihr seine Eindrücke vorgestellt. – Etwa dreißig Personen waren zugegen gewesen. Alle adlig, alles mit Geschmack und Überfluss eingerichtet. Sie hatte getanzt, vor allem mit Goethe, und artige Lieder zur Gitarre gesungen. Sie selbst hatte den Ball mit einer Polonaise eröffnet. Sie hatte lange nichts Vernünftiges mehr gegessen und es war sehr angenehm, ein gutes Stück Rindfleisch auf dem Teller zu haben. Dann waren alle unter die großen und ausnehmend schönen Bäume des Ilmparks gefahren und eine Stunde geschritten. – Die jungen Frauen heute wollten nicht mehr, dass der Mann beim Tanz führte. Sie wollten selber führen. Für manche in ihrer näheren Umgebung war sie keine Adlige, weil sie ab und zu Spallanzani, Hufeland oder Rousseau zitierte. Diese Namen klangen in den Ohren des Adels nicht gut. Wenn sie ihre Gedanken unter die Leute gebracht hatten, hatten die Denker zu verschwinden. Sie sah, wieviel Angst der Adel vor dem hatte, was sich drüben überm Meer in England tat. Knebel würde wahrscheinlich der Erste sein, der mitmachte. Sie las im *Mercure*, wieviel Angst der französische König und seine Gattin hatten. Zimmermann hatte ihre Haut „italienisch" genannt. Er war also schon mit Italienerinnen zusammen gewesen. Mit ihrer Haut war er zurechtgekommen.

Sie war dreiunddreißig Jahre alt, zehn Jahre verheiratet und hatte sieben Kinder geboren. Vielleicht war sie schon eine Matrone. Der Herzog und seine Frau waren gerade mal achtzehn, ohne jede Erfahrung und von Goethe abhängig. Der Herzog und seine Frau waren Kinder. Parteien und Eifersüchteleien gab es an anderen Höfen nicht weniger. Sie hatte sich vielleicht überschätzt. Wie war sie denn erzogen worden? – Mit Gewalt! Goethe hatte auch gewaltig gegen Wieland und Jacobi polemisiert. Die beiden hatten Goethe das vorgeworfen, waren vor dem Herzog und seiner Frau aber bald eingeknickt. „*Was kann ich Ihnen schaden?*" hatte Goethe gesagt, „*Was nicht Stroh ist, bleibt doch!*" Das war noch in diesem Jahr gewesen. Wenn sie Goethe verteidigt hatte, hatte man sie „preziös" genannt. – „Ich habe mit Goethe gesprochen", hatte Zimmermann gesagt, „ganz Weimar weiß, mit wem Sie vor Goethe zusammen gewesen waren. Zumindest wissen sie von Hildebrandt, Rotberg und Dürkheim."

„Ich würde natürlich selbst gerne ein paar Theaterstücke schreiben", hatte sie geantwortet, „ein Theaterstück nach einer französischen Vorlage, wie Goethes ‚Clavigo', *der ist auch vortrefflich.* Vielleicht als alte Frau, aber deren Liebe ist auch nicht die begehrenswürdigste. – Im Übrigen hat mir Stein zu Goethe geraten. Sie sehen, Zimmermann, was hier in Weimar möglich ist."

„Sie sind nicht in dem Alter, in dem man gewöhnlich ermutigt wird, es sich bequem zu machen", sagte Zimmermann. Sie war eine relativ kleine Frau mit italienischer Haut und üppigem braunem Haar, das sie nach Art der Zeit à la Rhinozeros hochgesteckt hatte, eine Frisur, die damals alle Frauen entstellte. Stein war mit dem Herzog unterwegs im Ausland, und sie wollte die Bindung mit Stein nicht zementieren, indem sie Schuldgefühle erzeugte. Er sollte ruhig wissen, mit wem sie sich abgab.

Die jungen, schamlosen Frauen am Weimarer Hof würden Goethe auf Dauer nicht anziehen können. Goethe nannte sie „Misels", das kam wahrscheinlich von Mademoiselle. Sie wollten alle heiraten, und wahrscheinlich würde sie Goethe einmal selbst zu einer solchen Frau raten müssen. Das war der Preis des Überlebens. Wenn alle Erkenntnis Erinnerung war, wie Platon gesagt hatte, dann war sie mit Goethe schon in ihrem vorigen Leben zusammen gewesen. Selbst damals hätte sie wahrscheinlich versucht, die Aufmerksamkeit durch Goethe und Freundlichkeit auf sich zu lenken. Was die Leute hier nach Pyrmont trieb, war nicht nur das Wasser, sondern auch der Wunderglaube. Die katholische Seite, nicht die evangelische!

Am nächsten Tag sah man die feine Welt generalstabsmäßig durch die große Allee wallen. Die Welle bewegte sich unter den Bäumen auf und ab. Die Bauern hatten sich schon um vier Uhr morgens zum Trinken anstellen müssen. Das Brunnenwasser belebte wie Likör. Deswegen war der Brunnen am Morgen so voll. Sie beschloss zu baden, trennte sich von Zimmermann und badete im Hemd. Das Bad belebte noch mehr als das Brunnentrinken. Gott sei Dank war das Wetter gut und man brauchte nicht in die Trinksäle. Die Brunnenjungen trugen eine Art von Uniform aus gestreiftem Leinen, Jacken mit grünen Aufschlägen. Sie hatte ihr Trinkglas vergessen, aber am Brunnen waren immer ein paar Gläser vorrätig. Heute konnte man das Wasser auch mit Eselsmilch vermischt trinken, was ihr sehr gut bekam. In der Allee war unter dem Schatten der alten Linden eine lange Tafel aufgestellt, an der sich die ganze Gesellschaft zum Frühstück niederließ. Das Frühstück bestand aus

Schokolade, Kaffee und Semmeln, und danach hatte man zu tanzen. Sie tanzte gerne und wurde aufgefordert. Ein Mann im blauen Werther-Frack schob seinen Arm unter den ihren und führte sie ohne zu fragen unter die Bäume. Es wurde auf dem blanken Erdboden getanzt. Es war ein ungezwungenes, fröhliches Beisammensein. Jeder setzte sich zu jedem und man kam schnell ins Gespräch. Auch Goethe hatten solche ungezwungenen Zusammenkünfte immer gut gefallen. Nach dem Frühstück spazierte man oder ging noch einmal baden. Viele spielen Billard oder Karten. Viele Damen gingen nach Hause zu ihren Sofas.

Nur die Stunde von eins bis zwei war Ruhepunkt, obgleich die Bäder den ganzen Tag über besetzt waren. Charlotte war es gewohnt, allein zurechtzukommen. Sie wusste, dass sie auch Zimmermann mit ihrer Gegenwart tröstete.

Ein Kind kam aus der Reihe der Essenden auf sie zugelaufen, hatte sich Charlotte einfach ausgesucht, ohne dass sie das Mindeste dafür getan hatte.

„Willst du ein Stück von meinem Fleisch?" fragte Charlotte. Das Kind, das ein Baumwollkleid und schwarze Ledersandalen trug, griff nach dem Angebotenen. Charlotte dachte an ihre eigenen Kinder und die vier Mädchen, die ihr in den Tod entglitten waren. Die Mutter war aufgestanden und dem Kind hinterhergelaufen. Sie schenkte Charlotte ein seltsam unsicheres Lächeln. Charlotte sah, dass die junge Frau (sie war jünger als sie) ein Gesicht hatte, das vor Müdigkeit oder Hochmut ein bisschen auseinandergefallen war. Ihre ursprüngliche Haarfarbe musste hell gewesen sein, aber das Haar war dunkelbraun gefärbt. Ein weißes Musselinkleid ließ den korsettlosen Körper erraten. Charlotte kam mit der Frau ins Gespräch. Sie war Sängerin. Charlotte hätte gerne mehr über die Frau gewusst, aber sie zog sich mit ihrem Kind zurück, damit es weiter essen konnte. Sie hatte nicht damit rechnen können, von einer so jungen und offensichtlich unabhängigen Frau ins Vertrauen gezogen zu werden. Vielleicht wollte die es auch nicht, denn es hatte ein merkwürdiges Flair von Fremdheit zwischen ihnen gegeben. Sie dachte intensiv darüber nach, bis Zimmermann kam und sich neben sie setzte. Zimmermann legte Wert darauf, mal auch einmal wegbleiben zu können, fast wie Goethe. Trotzdem sagte sie: „Du warst lange weg." Zimmermann war ein bisschen melancholisch. Die junge Frau hatte von einem neuen Ball und einem Maskenzug gesprochen. Der nächste Maskenzug, die nächste Redoute. Charlotte hatte nicht vor, dorthin zu gehen. Sie war zu sehr mit sich selbst und ihrem Innenleben beschäftigt. Sie hatte bemerkt, dass sich auch ihr Körperrhythmus verändert hatte, und schaute gedankenverloren den Essenden zu. Ein paar Leute hatten sie wegen ihrer ausgefallenen, schicken Kleider angesprochen. Sie wusste, dass es gerade ihr vorgeschrittenes Alter war, mit dem sie Goethe wie durch Magie in die oberen Gemächer hatte ziehen können. Sie ging in ihr Zimmer, setzte sich an die Kommode, und dort lag ein kurzer Brief von Goethe. Sie erbrach das Siegel, der Brief war abends, den 16. Juli 1776 geschrieben und aufgegeben.

Noch ein Wort. Gestern, als wir nachts von Apolda zurückritten, war ich vorn allein bei den Husaren; die erzählten einander Stückchen. Ich hört's, hört's auch nicht, ritt so in Gedanken fort. Da fiel mir's auf, wir mir die Gegend so lieb ist, das Land! Der Ettersberg! Die unbedeutenden Hügel! Und mir fuhr's durch die Seele: Wenn du nun auch das einmal verlassen musst! Das Land, wo du so viel gefunden hast, alle Glückseligkeit gefunden hast, die ein Sterblicher träumen darf, wo du zwischen Behagen und Missbehagen in ewig klingender Existenz schwebst – wenn du auch das zu verlassen gedrungen würdest, mit einem Stab in der Hand, wie du dein Vaterland verlassen hast! Es kamen mir die Thränen in die Augen, und ich fühlte mich stark genug, auch das zu tragen. – Stark! – Das heißt dumpf.

Ich wollt, du wärst hier! Ich hab dir was zu sagen, das fürs Papier zu gut ist. Mit den *Grasaffen habe heute gessen. Du fehlst allen. Hab den Fritz gefüttert. Deine Schwester seh ich nicht. Es ist ein liebes Geschöpf, wie ich eins für mich haben möchte, und dann nichts weiter geliebt! Ich bin des Herzteilens überdrüssig.*

Über diesen Brief verlor sie fast die Fassung. Goethe hatte sie so vermisst, dass er mit ihren Kindern spielte und aß. Sie konnte seine Liebe zum Land verstehen, und sie wusste, dass er hier in Thüringen eine Heimat gefunden hatte. Vielleicht sogar mehr als in Frankfurt. Und seine Liebeserklärungen zwischen den Zeilen gefielen ihr auch. Sie würde den Brief am Abend Zimmermann zeigen und hören, was er dazu sagte.

Am Abend war Zimmermann im Fürstlichen Schloss Waldeck eingeladen, weil es einem der Prinzen schlecht ging. Ursprünglich eine Festung, war das Schloss mit Eckbastion und hölzerner Klappbrücke ausgestattet. Ein repräsentatives Schloss im Stil der Weserrenaissance. Er erzählte Charlotte später, dass der Prinz sich mit Gänseleberpastete vollgestopft hatte und ein Glas Sprudel aus der Quelle seine Beschwerden behoben hätte. Danach gingen sie auf den Tanzboden. Im großen Ballsaal war am Sonntagabend jedem ordentlich Gekleidetem der

Zutritt gewährt. Mittwochsabends gab es manchmal Ball im Schloss, wohin nur die Bekannten der fürstlichen Familie eingeladen wurden. Wenn man nicht auf einem Ball war, ging man früh schlafen in Bad Pyrmont. Der Sprudel zehrte doch.

Mitten in der folgenden Nacht wachte sie um drei Uhr auf, spitzte sich einen Gänsekiel zu und schrieb ihre Antwort an Goethe.

Ich habe mir hier in Pyrmont die Frage gestellt, welches Verhalten einer Frau wie mir am angemessensten ist. Eine Frage, um die es auch in deinem Werther geht und die in den Tiefen des Buches verborgen liegt. Das Badeleben bekommt mir gut. Zimmermann ist ein zärtlicher Begleiter. Heute Morgen trank ich meinen Kaffee und lernte ein interessantes Kind kennen. Die Mutter war weniger interessant. Das Gedränge und Gewühl der Kur- und Sprudelgäste zerrt an meinen Nerven. Mein Gott, der schöne Ilmpark. Aber den Aufenthalt hier brauche ich auch, für meine Gesundheit. Wie es mit uns weitergeht, kann ich dir nicht sagen. Es wird vielleicht auch über die berühmte Vorstellungskraft eines Schriftstellers gehen. Aber seit vielen Tagen fühle ich mich ein bisschen besser. Hier sind eine Menge Menschen. Es scheint Massensprudelkultur zu sein. Die Mutter des Kindes, das ich kennengelernt habe, scheint eine aufgeklärte Frau zu sein. Ich versuche mir vorzustellen, wo du gerade bist, und freue mich, dass du dich meiner Kinder annimmst. Ich kann mir auch vorstellen, dass du ein Pferd findest und nach Kochberg reitest. Ich weiß nicht …

Ihr fiel nichts mehr ein, und sie wusste nicht, wie sie weiterschreiben sollte. Sie löschte die Tinte mit Streusand, steckte den getrockneten Brief in einen Umschlag und versiegelte ihn. Sie stützte den Kopf in die Hände, blieb ein paar Minuten am Tisch sitzen und schraubte das Tintenfass zu. Wenn sie jetzt eine Tasse starken Kaffee bekommen könnte, dann würde sie einen neuen Brief aufsetzen. Es gelang ihr aber doch, sich zu beruhigen und sich in ihr Bett zu legen. Am nächsten Morgen wachte sie ziemlich frisch auf.

Vor dem Frühstück nahm sie Goethes Brief noch einmal in die Hand und bemerkte, dass noch ein Blättchen beigelegen hatte, vielleicht ein paar Stunden vorher geschrieben, das sie übersehen hatte. Goethe hatte geschrieben:

Nur ein Wort, beste Frau. Ich hab den Kopf die Quere sitzen und kann nichts sagen. Wir gehen übermorgen nach Ilmenau, und wollt, Sie wären in Kochberg. Sie fehlen mir an allen Ecken und Enden, und wenn Sie nicht bald wiederkommen, mach in dumme Streiche. Gestern auf dem Vogelschießen zu Apolda habe ich mich in die Christel von Artern verliebt ppp. Ich habe gar nichts, was mich in linde Stimmung setzt. Wieland thut mir noch am wohlsten. Der Herzog und ich teilen unsere Dumpfheit wenigstens, alles andere hetzt mich, und ich kann mich nicht zu Ihnen flüchten. Sonst ist nicht leicht ein glücklicher Geschöpf als ich, wenn ich dich nur wieder hätte. O schick mir was! Grüß Zimmermann!

Nach dem Frühstück ging sie mit Zimmermann zur Dunsthöhle. 1610 hatte man beim Steinbrechen einen Brunnen entdeckt, aus dem unsichtbares, heilsames Gas entströmte. Man baute ein Gewölbe über die Dunsthöhle und darunter wurden Sitzbänke in Stufen übereinander angelegt, wie in einem Amphitheater. Der Kopf musste oben bleiben. Man dachte, es sei Schwefeldunst. Aber es war trockene Kohlensäure. Sie saßen eine Stunde auf einer ringförmigen Mauer, und Charlotte spürte, wie gut ihr die Schwaden aus der Tiefe getan hatten. Danach ruderte sie mit Zimmermann auf dem Wassergraben, der das Schloss umgab. Dichte Büsche drängten sich an die Wasserkante. Dahinter sah man die oberen Stockwerke des Schlosses. Einmal war Zimmermann in den großen Festsaal der Belletage, der mit wirklich reichem Stuck von Perenetti ausgestaltet war eingeladen und hatte sie mitgenommen. Zimmermann war der einzige Vertraute des Herzogs. Sie hatte auch einen Blick in die angrenzenden Schlafgemächer des Fürsten werfen können. Auch das zweigeschossige große Haus, das 1723 nach Plänen des Architekten Julius Ludwig Rotweil entstanden war, hatte sie gesehen. Das Haus hatte lange als Sitz des Schlosskommandanten gedient. Sie hatte gehört, dass in einem Jahr eine holländische Aktiengesellschaft ein fürstliches Badelogierhaus in der Brunnenstraße bauen wollte. Spekulation überall. Wenn man in die Brunnenstraße mit ihren hohen Häusern hineinblickte, dachte man, man sei in einer Stadt. Die Straße endete jedoch nach ein paar mehreren hundert Metern im Feld. Im Hotel Hemmerich hatte im Jahr 1725 der englische König Georg I., als Hannoverscher Kurfürst, gewohnt. Sie hätte dort auch gern gelebt, aber es war nichts mehr frei gewesen. Manche Fürsten, wie Peter der Große, quartierten sich gleich bei ihren Brunnenärzten ein.

Drei

Charlotte war sich bewusst, dass die paar Wochen hier ihre Beziehung zu Goethe nicht lösen würden. Sie verlor nicht mehr die Kontrolle über sich. Die Gespräche mit Zimmermann hielten sie zurück. Sie wusste gar nicht, ob sie sich einen solch vertrauten Umgang mit Zimmermann überhaupt wünschte. Ihre Ehe war gescheitert, und sie wollte es sich die paar Wochen, die sie noch hier war, gut gehen lassen. Am Ende blieb ihr gar nichts anderes übrig, als Goethe in die Ehe mit Stein zu integrieren. Sie wusste, dass sie nicht frei in ihrem Handeln war. Neben Goethe hatte sich noch eine andere Figur am Horizont aufgetan: Lenz. Das wäre eine gute Gelegenheit, es Goethe einmal zu zeigen. Im Augenblick hatte sie aber wahrscheinlich mehr Sehnsucht nach Goethe als Goethe nach ihr. Sie würde sich von niemand verwirren lassen. Sie hatte von Anfang Wert daraufgelegt, dass sie auf unbestimmte Zeit wegbleiben würde. Aus seinen Briefen wusste sie, dass Goethe jetzt in Ilmenau war, im Amtshaus wohnte und sich um das Wasser kümmerte, das ins Silberbergwerk von Ilmenau eingebrochen war. Außerdem musste es dort Veruntreuung von Minengeldern und Misswirtschaft gegeben haben. Vor ihrer Reise hatte ihr Goethe anvertraut, dass er das alles von einem seiner Faktoten, die er in Ilmenau postiert hatte, erfahren hatte. Sie wusste auch, dass es in Ilmenau ein paar junge Frauen gab, die um ihn herum wieselten. Sie brauchte keine Zeugen für Niederlagen.

Sie wollte zu ihrem alten Mittagstisch. Ein vorzeitiger Sommerbeginn schien sich anzukündigen. Dazu kam dann noch Regen. Es tropfte von den Blättern der Kastanien, und sie fühlte sich wie in einem Gewächshaus. Plötzlich brach die Sonne durch die Wolken, es regnete immer noch, man hatte das Gefühl, man sehe die Welt durch regennasse Fensterscheiben. Sie dachte an ihren Mann. Trotz seiner Reiterkünste war er ein Langweiler. Er konnte gut tanzen (auch mit ihr), und was Pferde und Kutschen anging, übertraf ihn im Herzogtum niemand. Sie ging immer noch gerne auf Maskenzüge, in die Komödie und in die nächste Redoute. Die Adelsklasse in Weimar, das waren gesunde Tiere, deren Bedürfnisse befriedigt werden mussten. Goethe hatte ihr erklärt, dass die Blattläuse sich mit Pflanzensaft füllten und dass dann die Ameisen kamen, um ihnen diesen Saft wieder abzupumpen. Mehr hatte er ihr, einer Adligen, nicht zu sagen gewagt. Hatte sie als Frau ihre Grenzen, jetzt wo sie dreiunddreißig war? Niemand würde ihr ihr Alter ansehen. Auch nicht ihre sieben Kinder. Dass sie sich trotz des Geschlechtlichen ihrem Mann entfremdet hatte! Vielleicht hatte sie sich einfach geirrt! – Aber irgendwo hatte sie ja hingemusst, und allein das Wasserschloss war die Ehe schon Wert gewesen. Alle adligen Frauen in Weimar hatten es genauso gemacht. Vielleicht war der Einfluss des Sterns Orion verantwortlich. Zimmermann? Sie war sich sicher, dass die Einsamkeit das wahre Substrat ihrer Begegnung war. Jede Frau hatte Grenzen. Aber sie hatte sich so unter Kontrolle, dass sie diese Grenzen nie überschreiten würde. Sie war keine dieser kichernden Ladies, die Goethe hinterherrannten und ihm auf die Frackschöße traten. Natürlich musste im Leben die Lust mit

Vernunft gemischt sein und die Vernunft mit Lust. Aber in ihrer Beziehung mit Goethe gab es noch etwas Drittes, das sie für den Bestandteil des richtigen Lebens hielt. Jetzt mit dreiunddreißig, nach zehnjähriger Ehe, nach sieben Kindern! Falls sie wirklich die Wahl gehabt hätte, hätte sie sich sicher für ein anderes Leben entschieden. Diese Ferien hier, wie sie die Kur nannte, waren etwas, das ihr Mann und einige Adlige in Weimar für einen Trick hielten, um Goethe aus dem Weg zu gehen. Gott sei Dank war sie nicht in die langweilige Pension in Bad Lauchstädt, ganz in der Nähe von Weimar gegangen, sondern in diese Kurstadt, wo sie sich mit Zimmermann, einem Seelenarzt, aussprechen konnte. Zimmermann riet ihr zu Goethe. So tauschten in der großen Welt des Adels und der Elaborierten die Männer ihre Frauen aus.

Am nächsten Morgen wachte sie auf und konnte gerade noch den Zipfel eines Traumes erhaschen. Sie war in einer Stadt, in der nur helle, gelbe Häuserskelette standen. Fensterlos, Gerippe aus Wänden. Es wurde gesungen! Die Geisterstadt beeindruckte sie. Vielleicht war es ein Krieg. Die Stadt schien leer zu sein. Vielleicht hatte sie bei den Stimmen, die im Traum erklangen, auch mitgesungen. Ihr Unbewusstes, die skelettierte Stadt! Fassade! – Da wusste sie: Sie hatte nicht vor, die Kommunikation mit Goethe zu beenden.

Sie nahm am gemeinsamen Tisch, zusammen mit Zimmermann, ihr Frühstück ein, und als sie sich in ihrem Zimmer noch etwas hinlegen wollte, lag ein Brief von Goethe auf dem Tisch:

Ilmenau, 17. Juli 1776

Ich habe auf der andern Seite angefangen was zu zeichnen; es geht aber nicht. Drum will ich lieber schreiben in der Höhle unter dem Hermannstein, meinem geliebten Aufenthalt, wo ich möchte wohnen und bleiben. Liebste, ich habe viel gezeichnet, sehe nur aber zu wohl, daß ich nie Künstler werde. Die Liebe giebt mir alles, und wo die nicht ist, dresch ich Stroh. Das malerischste gerät mir nicht, und ein ganz gemeines wird freundlich und lieblich. Es regnet scharf im tiefen Wald. Wenn du nur einmal hier sein könntest! Es ist über alle Beschreibung und Zeichnung. Ich hab viel gekritzelt, seit ich hier bin, alles leider nur von Auge zur Hand, ohne durchs Herz zu gehen; da ist nun wenig draus geworden. Es bleibt ewig wahr: Sich zu beschränken, einen Gegenstand, wenige Gegenstände recht bedürfen, so auch recht lieben, an ihnen hängen, sie auf alle Seiten wenden, mit ihnen vereinigt werden, das macht den Dichter, den Künstler – den Menschen.

Addio. Ich will mich an den Felsenwänden und Fichten umsehen. – Es regnet fort.

Hoch auf einem weit ringslebenden Berge.

Im Regen sitz ich hinter einem Schirm von Tannenreisen, warte auf den Herzog, der auch für mich eine Büchse mitbringen wird. Die Thäler dampfen alle an den Fichtenwänden herauf. [NB. Das hab ich dir gezeichnet.]

Beim Lesen hatte sie das Gefühl, er habe ihr Jugend gegeben und sie ihm Führung. Das, was man Vernunft nannte, sagte ihr, dass alles im Grunde unmöglich war. Aber sie würde ihr Gewissen vernichten. Sie wusste, dass sie ein bisschen Raubtier im Mann mochte. Natürlich hatte sie im Leben auch etwas mitgemacht, was man zaghaft Ausschweifungen nennen konnte, zumindest Blinde Kuh und herumknutschen mit den anderen, Männern und Frauen. Sie hatte genauso das Recht, sich zu amüsieren wie die Männer. Wenn sie sich die Ereignisse der vergangenen Jahre noch einmal vergegenwärtigte, war ihr klar, dass sie das Recht hatte, sich zu nehmen was sie wollte, genauso wie die Männer, die das von Natur aus Geduckte noch stärker ducken wollten. Vielleicht würden sich die Frauen einmal mehr zusammenschließen, statt nur den Männern hinterherzulaufen, die sie gegeneinander ausspielten. Sie würde weitermachen und würde sich von jeder Amateurin unterscheiden. Goethe war keine Notlösung. Sie war hier in Pyrmont dabei, ihn auf eine neue, erleuchtete Art wahrzunehmen. Sie hatte nichts vorausgeplant oder kalkuliert. Sie würde ihn auf der Rückreise in Ilmenau besuchen und ihn dann mit Lenz eifersüchtig machen. Das war das Einzige. Sie hatte erkannt, dass man mit Tugend überhaupt nicht weiterkam. Lieber ein schlechter Gewinner als ein guter Verlierer.

Sie setzte sich hin, spitzte sich einen Federkiel zu, nahm ein neues Blatt Papier und schrieb ihre Antwort:

Wie auch immer, erstmal bin ich darüber hinweg. Es war nicht leicht, aber die Kur brauchte ich. – Gott sei Dank kam Zimmermann nach ein paar Tagen. – Auch hier muss ich zum Frühstück meinen Kaffee haben, nicht wie in Kochberg mit Rahm von den eigenen Kühen. – Ich fühle mich schon ein bisschen besser. Meine Unterkunft ist sehr voll. Alle wallfahren von morgens bis abends zum Sprudel. – Zimmermann und ich waren sogar im Schloss eingeladen. Beim Tanzen herrscht Gedränge und Gewühl, und doch war dadurch der Sonntag weniger langweilig. Für Zimmermann ist es nichts, aber ich werde viel aufgefordert. Ein reizender Mann hat mich dreimal geholt. Er war allein da und erzählte von sich. Er scheint glücklich, ohne zu wissen, dass er einsam ist. Vielleicht wird Weimar einmal beschließen, dass ich wieder ich selbst sein kann, wenn ich zurück bin. – Es gibt schöne Galanteriewaren hier, ich habe dir ein Halstuch gekauft und mir rosa Pumps und einen rosa Schleier. Es gibt vieles, was man dem Papier nicht anvertrauen kann. Charlotte

Versuchte Zimmermann, sie Goethe abspenstig zu machen? Höchstens für die kurze Zeit in Pyrmont. Außerdem war Zimmermann eitel und wollte sich die Freundschaft Goethes nicht verscherzen. Und ihre Liebe wurde durch die Entfernung von vielen Meilen gesteigert. Hier in Pyrmont fiel die Rücksicht auf die Weimarer Gesellschaft weg. Was sie und Zimmermann taten, taten die anderen Kurgäste auch. Außer Zimmermann hatte sie noch niemanden gesehen, der Goethe das Wasser hätte reichen können. Sie wusste, dass Goethe sie mit seinen Briefen auch eifersüchtig machen wollte. Aber er zeigte auch Eifersucht auf Stein. Er hatte in einem seiner letzten Briefe geschrieben: *Ich bin des Herzteilens überdrüssig. – Wenn ich dich nur wiederhätte. – Es ist Prüfung, dass du weg bist.* – Der Herzog hatte etwas unter einen von Goethes Briefen gekritzelt: *Wenn sie in Pyrmont ist, liebe Frau, so trinke sie ja, wenn der Morgen hübsch ist, das erste Glas auf Goethens und auf meine Gesundheit!*

Zimmermann klopfte an ihre Tür. War er eifersüchtig oder gab es Gedankenübertragung? Sie machten einen langen Spaziergang zum Brunnenhaus. In der Hauptallee standen frackberockte Männer mit weißen Zylindern auf dem Kopf und hell gekleidete Frauen mit breitkrempigen, unter dem Kinn zugebundenen Hüte und unterhielten sich. Charlotte erinnerte sich an eine antike Sage und trank nach Vorschrift des Arztes den Brunnen mit Eselsmilch vermischt. Danach ein Glas Salzwasser, weil der Arzt ihr das auch empfohlen hatte. Um acht Uhr abends läutete die Glocke zur Restauration. Für fünf Groschen aß sie in einem herrlichen Saal, in glänzender Gesellschaft bei Wachslichtschein Hirschbraten und Sardellenfilets. Zimmermann hatte Karpfen genommen, die man im Schlossgraben zog. – Ob man sie in den Ballsaal hineinließ? Jedem anständig Gekleideten stand der Zutritt offen. Mittwochabends war Ball im Schloss, zu dem Zimmermann sie einlud.

Das Walzen in den Armen Zimmermanns sagte ihr zu. Aber es waren auch noch drei, vier andere Herren gekommen, die sie aufgefordert hatten. Ein Jagdhund hatte sich am äußersten Ende des Ballsaales hingestreckt und schien zu schlafen. Einige Spieltische, eine Pharobank, Roulette wurden am anderen Ende des Saales aufgebaut und in Szene gesetzt. Es gab neben dem Pharotisch einen freien Stuhl, und sie setzte sich mit dem Rücken zu den Spielenden, Zimmermann ihr gegenüber, auf einen zweiten hochlehnigen Stuhl, und die Männer drängten sich um sie herum.

Sie trug keine Krinoline, sondern ein weißes, fließendes Kleid und eine tief-orangenfarbene Mantilla leicht um die Schultern. Natürlich musste man einen hellen, blumengeschmückten Hut haben. Einer der Herren im braunen Frack und hellblauer Hose stand hinter ihr und hatte ganz vertraulich seinen rechten Arm auf ihre linke Schulter gelegt. Neben ihm saß ein kleines, gekrümmtes Männchen mit Brille und ohne Perücke, auf ein dünnes Stöckchen gestützt, vielleicht sogar ein bisschen verwachsen, und mischte sich in ihr Gespräch mit dem Herrn neben ihr ein. Sie war es gewohnt zu plaudern, und der Herr neben ihr verlor vor Aufregung seinen Zylinder, den er sich unter den linken Arm geklemmt hatte. – Hinter ihr ein kleiner Aufschrei der Pharo spielenden Männer, weil einer von ihnen offenbar unwahrscheinliches Glück gehabt hatte. Sie spielte auch gern Pharo. Aber hier mit den ganzen Männern …? – Sie würde auch einmal Komödien schreiben und dachte jetzt schon an das *schöne Geld*. Es wäre schön, wenn man hier eine große Wandelhalle bauen würde, dann wäre man bei Regen nicht auf das enge Zimmer angewiesen. Die Trennung von Adel und Bürgertum zeichnete sich deutlich ab. Die einfachen Leute durften nur durch die Seiteneingänge eintreten. Sie hatte gelesen, dass Personen gemeinen Standes das Brunnenwasser vor sechs Uhr früh zu trinken hatten.

Um Mitternacht waren sie wieder zu Hause. Sie konnte nicht schlafen und setzte sich wieder an ihr schmales Schreibtischchen, um an Goethe zu schreiben: Ich komme gerade von der Pharobank, zusammen mit Zimmermann. Neben mir stand ein Mann mit dem Zylinder unterm Arm, der mich pausenlos anhimmelte. Wenn ich mehr Geld dabeigehabt hätte, hätte ich auch mitgespielt. Der Verehrer waren Hunderte. Nun ja, nicht ganz. Ich verstehe deine Traurigkeit, auch deine Wut darüber, dass unser Leben so verläuft. Früher hätten wir uns nicht begegnen dürfen, ich wäre zu alt, du wärest zu jung gewesen. Gleich werde ich mich vor meinen kleinen Spiegel setzen und den Frisiermantel umlegen. Die Spitze ist ein bisschen zerrissen, und ich glaube, ich brauche einen neuen. Wir haben fast Juli, aber es riecht förmlich nach Nachsaison. Meine Nachbarin gegenüber, eine barocke Frau, hatte ein Paillettenjäckchen angezogen und am Pharospiel gewonnen. Sie war es gewesen, die den allgemeinen Jubel am Spieltisch ausgelöst hatte. Perlen- und Goldketten strahlten um mich herum, Kellner sprangen vor, Champagnerflaschen wurden geöffnet. Ich beobachtete das alles völlig unbewegt. Zimmermann versuchte später auch, im Pharo zu setzen, aber er verlor. Die aufgetakelte Frau sonnte sich im Beifall. Sie war ja in Ferien. Ich hatte das Gefühl, sie wünsche sich ihre Familie herbei. Sie wollte alles haben, obwohl sie wusste, dass es nicht für sie allein da war. Ich hatte jedenfalls beim Liliput-Gelächter der Leute den Eindruck, dass ich noch an der Schwelle des Lebens stand. Ich spiele mit, wenn wir bei Hof noch einmal den Cumberland aufführen. Das Kurleben hier ist künstlich. Ich werde aber irgendwann einmal mit dir hierher zurückkehren. Manchmal glaubte ich, ich warte darauf, dass Zimmermann mir ein neues Leben anbietet. Charlotte

Sie hatte sich damals in Weimar unbeliebt gemacht, als sie sich mit dem jungen Fant des Herzogs angefreundet hatte. Sie hätte auch den Herzog selbst haben können, obwohl Goethe zehn Jahre älter war als Carl August und sie siebzehn Jahre älter als er. – Dass seine Mutter dem Herzog Freiheit gewährte, noch bevor er achtzehn war. Eine Herzogin aus Darmstadt wurde seine Braut, die Charlotte mehr mochte als ihren Mann. Der sah ein bisschen grimmig aus und war eigentlich zu klein. Er machte den Landestöchtern Kinder, für die der Hof aufkommen musste. Auch ein paar Kammersängerinnen hatte es getroffen. Aber wenn er bei den Theateraufführungen des Hofes mitspielte, konnte jeder, der wollte, zusehen.

Die Komödien oder Tragödien fanden in einigen Redoutensälen der größeren Häuser statt, manchmal auch im Freien, wenn es schön war. Sie hätte sich gefreut, wenn die Bellomosche Truppe wieder einmal in Pyrmont gastiert hätte, aber es gab nur dieses Gefiedel, nach dem man seine Füße über den Boden schleifte. Tanzen bedeutete für sie etwas ganz Anderes. Sie hatte im Hofballett schon den Pas de deux mitgetanzt. Es gab in Weimar einige, die es schon früher bei ihr versucht hatten, auch Bertuch hatte dazugehört. Aber er war durchgefallen. Er schrieb auch, und seine Stücke wurden nur ein- oder zweimal gespielt.

Zimmermann holte sie ab. Auf dem Weg zum Sprudel sprachen sie über die Einsamkeit. „Ich will Ihnen etwas vom Menschen sagen", sagte Zimmermann, „der Mensch ist für den Menschen gemacht. Sonst sind Selbstbetrug und Torheit des Menschen Los. Der aufgeklärte Kopf braucht gute Gesellschaft, also Verstand und Gefühl. Keine Sünde des Fleisches, in die einsame Frauen oft aus Langeweile fallen." – „Ich weiß nicht, ob ich diese Überwindung schaffe", erwiderte Charlotte. – „Das sind Grillen", sagte Zimmermann und griff nach dem ersten besten Becher, den der Brunnenbursche ihm hinaufgereicht hatte. Charlotte bekam auch einen Becher, trank, und plötzlich gefiel es ihr hier. Sie würde vielleicht doch länger bleiben. Allerdings war Zimmermann schon wieder kurz vor der Abreise. Fritz von Stolberg hatte sie gegenüber seinem Bruder *einen Engel von einem Weibe* genannt. Wenn Stolberg das schrieb, musste es stimmen, und sogleich wuchsen ihr Selbstbewusstsein und ihr Attachement an Goethe.

Der Brunnenplatz war seit 1764 neu hergerichtet
worden, und sie begaben sich dorthin, um zu äugeln, wie
Goethe es genannt hatte, das hieß die anderen Brunnengäste zu beobachten, zu sehen, wie sie sich in Szene setzten. Manchmal betrachteten sie Zimmermann
sogar durch ein Lorgnon. Am Brunnenplatz traf sich die
elegante Badegesellschaft. Die eleganteste Atmosphäre
herrschte am Hylliger Born. Grafen und Fürstlichkeiten.
Aber Charlotte war alles von ihren früheren Besuchen
bekannt. Das Schönste war die Brunnenstraße, die eine
Allee geworden war.

Es fing an zu regnen, und sie flüchteten sich unter die
Leinenüberdachung. Als sie später über die Hauptallee
gingen, sah sie, dass dort fast ein Theatergebäude im klas-
sizistischen Stil entstanden war. Pichler würde hier mit
seiner Schauspieltruppe regelmäßig für Aufführungen
sorgen. Das Stichwort aller Badegäste hieß beobachten.
Charlotte erinnerte sich an den Besuch im Pyrmonter
Schloss vor ein paar Tagen. Sie hatte den großen Festsaal
der Belletage gesehen, der mit reichen stuckverzierten
Wand- und Deckenflächen des Italieners Giacomo Peri-
netti ausgestattet war. – Sie war ja selbst Schlossherrin,
aber Kochberg ließ sich mit diesem Schloss nicht verglei-
chen. Die Fürstin hatte sie damals, zusammen mit deren
Tochter, im Festsaal begrüßt. Wenn Goethe wieder einmal am Ilmpark herumbastelte, konnte er sich im Park
hier Anregungen holen. Vielleicht würde es auch einen
Palmengarten geben. Die manchmal triviale Kurmusik
ergänzte das Landschaftsbild aufs Beste. Zuhause angekommen, fand sie ein kleines Billet von Goethe vor, den
24. Juli abgeschickt:

Ich muss das schicken. Vorgestern schrieb ich das. Addio. Dachtest du an mich, wie ich an dich denke! Nein, ich wills nicht! – Will mich in der Melancholie meines alten Schicksals weiden, nicht geliebt zu werden, wenn ich liebe.

Es würde jetzt nicht mehr lange dauern, bis sie zurückkehrte. Am 7. Juni 1776 hatte er ihr geschrieben: *Sie sind lieb, dass Sie mir alles gesagt haben! – Man soll sich alles sagen, wenn man sich liebt.* Das war noch vor ihrer Abreise nach Pyrmont gewesen. Warum zweifelte er also? Kannte er ihre Bedenken? *Ich habe wieder drei Worte in der Hand, Sie über alles zu beruhigen, aber auch nur Worte von mir zu Ihnen!* - - Sie musste zwischen Goethe, ihrem Mann und ihrem Sohn Fritz hin- und herlavieren. Ihr war klargeworden, dass es ein Verhältnis war, über das man im Inneren gerne hinwegschlüpfte.

Vier

Auch Anna Amalia, der Herzoginmutter, war das nicht entgangen. Sie hätte gerne etwas Entscheidendes getan. Aber auch sie war in die Weimarer Adelswelt eingesponnen wie keine zweite. Und das wirkliche Leben konnte man nicht hinwegzaubern. Zimmermann war ein Typ, der auf ältere Frauen nicht wirkte. Aber er war kein Langweiler. Sie wusste genau, dass sich dieses Verhältnis einmal ins Gegenteil verkehren würde. Es war eine gewagte Rolle. Die Abende am Sprudel bereiteten auf nichts anderes vor als auf den nächsten Sprudelabend. Sie freute sich schon auf die Rückreise und darauf, was sie im Fürstentum Waldeck zu sehen bekommen würde. Goethe war ein gesundes Tier, das vorerst unbefriedigt sein musste. Fast! Wenn sie abends im Spiegel ihren Körper betrachtete, fand sie ihn mager, aber noch schön. – Abhängigkeit war ihr lieber als Liebe. Sie wusste, dass sie eine Gratwanderung vor sich hatte, und sollte er den Rubikon überschreiten, würde sie sich rächen. Sie hatte Pyrmont auch ein bisschen satt bekommen.

Zimmermann sagte: „Die Badeärzte glauben, weil ich so sachlich und genau bin, reiche mein Horizont nicht bis zu Ihnen."

„Wie sollte es sonst so schnell zum Du gekommen sein?" fragte Charlotte zurück. „Der ganze Hof gibt sich Mühe, es vor aller Augen zu tun. Stein war auch nicht zimperlich, aber meine Kinder sind von ihm. Da kam der Verfasser dieses Moderomans nach Weimar und gewann mich. Machte weiter, wie es ihm beliebte. Nur das Geschlechtliche gibt Anlass, Du zu sagen. Er hatte es ja darauf abgesehen, mir in Kochberg zu begegnen. Ich wollte den Neuen auch mal kennenlernen. Freigeisterei? Unglaube? Nein! – Jetzt ist er dabei, sich in die politischen Verhältnisse hineinzugraben. Er weiß, dass er Konkurrenten hat. Er schrieb mir am 22. April 76, *dass ich Sie liebe und immer Ihr Voriger, Gegenwärtiger und Zukünftiger bin.* Also, er weiß, dass er nicht der Einzige ist. Ich gelte als launisch und schwierig, aber ich habe nur Angst, dass er mich in Besitz nimmt. *Was wird er wohl noch aus mir machen?* Denn wenn er in Weimar ist, lebt er immer um mich herum. Liebe ist nichts anderes als gute Kommunikation."

Sie begann sich schon auf die Rückreise zu freuen. Vom Fürstentum Waldeck aus brauchte sie nur die Landgrafschaft Hessen-Kassel zu durchqueren. Das war die angenehmere Route auf der Rückreise. Sie würde alles vom Augenblick abhängig machen. Vielleicht sogar einen Tag in Ilmenau verbringen, wo Goethe die Silberbergwerke überwachte. Goethe wohnte im Amtshaus, und sie würde in der „Post" absteigen, die nicht weit von seinem Quartier in Ilmenau entfernt war. Die Poststationen auf der Route waren erträglich.

Zimmermann hatte ihr erzählt, dass hier in der Tiefe des Hylligen Borns einmal eine Wasserfee gelebt haben solle. Sie hatte den Grafen Dietrich von Pyrmont hinab in ihren Glaspalast gelockt und von ihm verlangt, dass er nie eine andere Frau lieben solle. Als er dann aber die Königstochter zur Frau bekam, erdrückte ihn die Fee vor dem Traualtar.

Die Fee war sie. Man sagte der Quelle nach, dass der, der aus ihr trank, um zwanzig Jahre jünger würde. Eine ältere Frau sollte soviel Wasser getrunken haben, dass sie wieder ein kleines Mädchen wurde. Natürlich waren das Sagen und Legenden, aber sie hatte doch eine große Freude daran. Vielleicht war das der Grund, warum sie diesmal nicht nach Karlsbad gefahren war. Glaube? Man musste auch an die Wirklichkeit glauben. Knebel und Goethe hatten ihr das beigebracht. Sie sprachen von einem Königsberger Gelehrten, der irgendwann einmal das ganze menschliche Denken revolutionieren würde. Das konnte ihr nur recht sein. Von Knebel erfuhr man viel. Er redete zwar nicht so wie Goethe, aber sie hatte manchmal das Gefühl, dass er der Tiefere von beiden war. Goethe hielt nicht viel von Badeärzten, nur zu Zimmermann hatte er Vertrauen. Zimmermann hatte ihr beigebracht, dass sie sich mit ihrem Zustand abzufinden hätten. Goethe war ein Glücksfall für sie gewesen. In Weimar zirkulierte ein kleines, handgeschriebenes Mini-Drama, *Ryno*, in dem sie Goethe verspottete, weil er, statt auf ihrer, *auf aller Frauen Spur* ging. Pyrmont war nicht die Angst um ihre Gesundheit, sie hatte einfach eine Auszeit gebraucht, um sich darüber klarzuwerden, in was sie mit Goethe hineingeraten war. Selbst ihre Prominenz als Frau des Oberstallmeisters von Stein, hatte sie nicht davor geschützt. Gänsehaut bildete sich auf ihrem Rücken. Nein, sie wollte nicht mehr daran denken. Zimmermann verstand viel, aber er war auch nicht der Richtige.

Sie fing an, sich ein Theaterstück auszudenken. Dido und Aeneas, das interessanteste Brautpaar aus der griechischen Mythologie, mochte Goethe am liebsten. Charlotte hatte vor, sich in Dido selbst abzubilden und in Aeneas Goethe, den sie im Drama Ogon nennen würde, den Menschenfresser. Sie würde den Goethe-Aeneas als gefühllosen Bösewicht schildern und er würde sich dann an einige unerfreuliche Gespräche erinnern. War es vorweggenommene Rache? Sie hatte doch alle Fäden in der Hand. Aber sie erinnerte sich an Träume, nach denen manche Unglücksvisionen Realität geworden waren. Sie freute sich schon auf *das schöne Geld*, das ihr eine Komödie einbringen würde. – *Die schönen Geister trocknen einem das Leben aus,* hatte sie einmal zu Charlotte von Schiller gesagt, als diese schwer krank war und Charlotte sie in ihrem Haus gesundgepflegt hatte. *Das will alles so recht den hiesigen Verstand genießen, den ich bis am Hals satt habe! Die schönen Geister sind und bleiben einmal ein närrisches Volk.* Sie hatte keine Lust, sich durch die Undeutlichkeit der Dichtersprache entfremden zu lassen.

Sie konstruierte im Kopf ein zweites Stück. Ein turbulentes Intrigenspiel um einen Mann zwischen zwei Frauen. Sie würde sich als Vorlage einer englischen Erzählung bedienen, die Engländer schrieben am besten. Sie wusste: So ein Stück nach englischem Vorbild würde ihr einige Carolin eintragen. Dann würde sie wirklich sagen können: *Das schöne Geld!* – Es musste ja alles weitergehen.

An der Quelle drückte man ihr ein Heftchen, angeblich aus dem 14. Jahrhundert, in die Hand und verlangte drei Groschen dafür. Sie schlug das Buch auf und las den ersten Satz: „In Westfalen nahe der Stadt Lükde, in der Paderborner Diözese, ist eine Quelle, die der Hyllige Born genannt wird. Wenn sich jemand darüber neigt und daraus trinkt, so spritzt das Wasser ihm ins Gesicht. Und es sieht so aus, als würde er davon übergossen." Damals waren zehntausend Menschen zur Quelle geströmt. All das hatte den Ruf des Brunnenwassers schnell verbreitet.

Auch sie und der ganze Weimarer Adel waren hingefahren. Ihr gesamtes Kreislaufsystem hatte sich gebessert. Und es würde ihr guttun, auf der Rückreise in Ilmenau einen Tag bei Goethe zu bleiben. Hoffentlich erregte es ihn nicht zu sehr. Sie hatte gehört, dass sich im Jahr 1681 die ranghöchsten Personen aus Bürgertum und Adel, unter anderem der große Kurfürst von Brandenburg, in Pyrmont versammelt hatten. Das lag also jetzt fast hundert Jahre zurück. Die Leute, die sie hier getroffen hatte, lagen unter dieser Messlatte. Der Adel verbrachte die halbe Lebenszeit in den Bädern. Gesundheit war nicht nur Verdauung, sondern auch die niedere Ebene. Vielleicht wollte sie deswegen in Ilmenau ein, zwei Tage Halt machen. Das Alleesystem zwischen Brunnenplatz und Schloss würde sie vermissen. Aber das Kurbad war ja nur ein kleiner Teil ihrer Zeit. Der Alltag in Ilmenau und Weimar würde sie vielleicht von ihren Gedanken erlösen. Und natürlich auch ihr Liebhaber! Das nächste Mal würde sie vielleicht nach Karlsbad fahren. Wenn ER mitkam.

Die Rückreise mit der Postkutsche dauerte drei Tage. Die Landschaft war schön, aber durch das Rattern der Kutsche auf den holprigen Wegen entging ihr vieles. Die acht Pferde trabten. Tag und Nacht hörte man, wie der Kutscher seine Pferde antrieb und der Vorreiter stöhnte, wenn sie zu langsam waren. Es wurde viel nachts gefahren, aber dreimal mussten sie doch übernachten. Da die Landschaft bergig war, ging es bergauf und bergab. Einen Radbruch hatten sie nicht, was fast allen ihren Bekannten in Bad Pyrmont passiert war. Charlotte fürchtete sich auch vor wilden Tieren. Einmal war es bei einer Fahrt, die bis in den Abend dauerte, so kalt geworden, dass sie sich vom Kutscher eine Decke leihen musste. Als es wieder warm war, wurde das lederne Verdeck zurückgeklappt und sie reiste an der frischen Luft. Zwei der Gasthöfe, in denen sie übernachtete, waren gut, einer schlecht. Die Wirte setzen überall das Holz auf die Rechnung, obwohl es Sommer war. Charlotte begeisterte sich für die saubere Einfachheit in einem Gasthof, der „Zur Krone" hieß. Die Matratzen waren schlecht, aber keine Wanzen. Bei Tisch erfuhr man etwas über die Gewohnheiten der anderen, besonders der Ausländer, die sie sehr interessierten. In der Nacht probierte sie die Solidität des Türschlosses. Zwischen den Herbergen gab es große Unterschiede. Sie fürchtete Krankheiten, nachdem sie sich gerade von einer erholt hatte, und schlief in Kleidern. Abends bekam man meistens Kalb- und Rindfleisch in kleinen Mengen. Das Volk lebte von Schwarzbrot und Trockenfisch. Einmal kam in einer Herberge der Markgrafschaft ein ganzer Kalbskopf auf den Tisch, der die Zähne fletschte wie ein Ungeheuer. Das Essen war nicht teuer, aber die Getränke wurden extra berechnet. Trunksucht war unter allen Reisenden verbreitet. In den Städten gehörten die Gasthäuser zum lokalen Leben. Beim Übertritt vom Fürstentum Waldeck in die benachbarte Markgrafschaft bezahlte sie, wegen der unterschiedlichen Währung, mit einem Wechsel. Aber auch den Bankiers musste man vertrauen.

Wer eine Herberge verließ, durfte nicht weg, bevor er seine Schulden bezahlt hatte. Von Italien hatte sie gehört, dass man sogar Gesundheitszeugnisse brauchte, wenn man durchs Land reiste. Sie wusste, dass gute Verdauung wichtig war, und Zimmermann hatte sie mit einem Buch Lazzaro Spallanzanis bekanntgemacht, der darüber, aber auch über alles, was Befruchtung und Verhütung anging, geschrieben hatte. Sie war eine erfahrene Reisende und ging Zufallsbekanntschaften immer aus dem Weg. Dass sie so emanzipiert allein reisen durfte (was hundert Jahre zuvor noch nicht möglich gewesen war), verdankte sie den Ideen der Aufklärung. Sie war froh darüber, selbstbewusst wie sie war.

In Ilmenau stieg sie im Posthaus ab, machte sich frisch, ließ sich zur Stärkung ein Glas Wein geben und ging die paar Schritte hinüber zum Amtshaus, wo Goethe residierte. Er fiel ihr um den Hals und sagte: *Hunderttausendmal bist du um mich gewesen, ich hab nur für dich gezeichnet.* Sie wollte in die Gaststube, und Goethe versprach ihr, dass er sie morgen in die Hermannssteiner Höhle führen würde, wo er so sehnsüchtig an sie gedacht hatte. Sie gingen in ihre Zimmer!

Goethe beschrieb es später: *Sie kam mir entgegen, und ich küßte ihre Hand mit tausend Freuden.*

Ein Kanarienvogel flog von dem Spiegel ihr auf die Schulter. ‚Einen neuen Freund!' sagte sie und lockte ihn auf ihre Hand; ‚er ist meinen Kleinen zugedacht. Er tut gar zu lieb! Sehen Sie ihn! Wenn ich ihm Brot gebe, flattert er mit den Flügeln und pickt so artig. Er küßt mich auch, sehen Sie!'

Als sie dem Tierchen den Mund hinhielt, drückte es sich so lieblich in die süßen Lippen, als wenn es die Seligkeit hätte fühlen können, die es genoß.

‚Er soll Sie auch füllen', sagte sie und reichte den Vogel herüber. Das Schnäbelchen machte den Weg von ihrem Munde zu dem meinigen, und die pickende Berührung war wie ein Hauch, eine Ahnung liebevollen Genusses.

‚Sein Kuß', sagte ich, ‚ist nicht ganz ohne Begierde; er sucht Nahrung und kehrt unbefriedigt von der leeren Liebkosung zurück.'

,Er ißt mir auch aus dem Munde', sagte sie. Sie reichte ihm einige Brosamen mit ihren Lippen, aus denen die Freuden unschuldig teilnehmender Liebe in aller Wonne lächelten.

Ich kehrte das Gesicht weg. Sie sollte es nicht tun, sollte nicht meine Einbildungskraft mit diesen Bildern himmlischer Unschuld und Seligkeit reizen und mein Herz aus dem Schlafe, in den es manchmal die Gleichgültigkeit des Lebens wiegt, nicht wecken! – Und warum nicht? – Sie traut mir so! Sie weiß, wie ich sie liebe!

„Ich lasse uns etwas hinaufbringen", sagte sie, „etwas Weißbrot und eine Flasche Champagner."

„Willst du etwas essen?" fragte sie.

„Nein", sagte er, „genausowenig wie du." So handelte ein Mann, der Beute machen wollte. Sie war sich jetzt sicher, dass sie das Band ihrer Ehe auf Dauer sprengen würde. Du hattest schon andere im Bett, dachte sie und sah an ihrem eigenen weißen, mageren Körper mit der italienischen Haut herab, aber du wolltest es ja! Ihr Calvinismus war reinste Seelenpein. Am nächsten Morgen war er vollkommen benebelt und beschloss, ihr die Umgebung zu zeigen. Jetzt zeigte er ihr die Hermannsteiner Höhle. Vielleicht ein Symbol. Den Rest des Tages verbrachte sie mit ihm und der übrigen Gesellschaft bei Spiel und Tanz auf dem herrschaftlichen Gutshof Unterperlitz und bei einem Oberforstmeister von Staff.

Am Abend bekam sie Angst, dass ein paar Spitzel ihres Mannes in der Nähe sein könnten, und sie reiste ab. Goethe hatte ihr die Szene eines Theaterstücks mitgegeben, das er während ihrer Kur in Pyrmont geschrieben hatte und dass *Der Falke* hieß. Ein paar Zeilen des halbseitigen Entwurfs drangen in ihr Inneres: *Schlägt mein Herz nicht laut genug, wenn sie mir ungefähr begegnet?*

Drängt mich nicht hin zu ihr, küss ich nicht ihre Hand, ihren Handschuh, die Lippen ihres Kleids! – Ah und wie schweben da all meine Wünsche auf diesen himmlischen Lippen! Dürft ich, ruft ich aus, diesem Himmel –

Daraus könnte etwas werden. Aber sie wusste auch, dass sie aufpassen musste und dass auch eine adlige Frau, von einem zum andern geschoben werden konnte. Sofort spürte sie einen Sehnsuchtsstich in ihrer Brust, Neid auf die jungen Frauen, die sich in ihrer Abwesenheit an ihn herangemacht hatten. Wenn Stein sie nur nicht gleich überfiel. Ihr kam es die letzten Wochen vor, als habe sich etwas Unvermeidbares ereignet. Sie hatte das Gefühl, sie sei vom Leben misshandelt worden. Aber die Wochen in Pyrmont waren erholsam gewesen. Die Vorsichtigen, Wohlhabenden und Diskreten hatten sie geschätzt. In der Brunnenallee konnte eine Frau abends auch alleine spazieren gehen. Manchmal war Zimmermann mitgekommen, aber er war kurz vor ihrer Abreise ziemlich eifersüchtig geworden. Das Beste war dazu da, dass man es sich nahm. Aber sie schaffte es nicht. – Verriet ihr Gesicht Anzeichen kommenden Alters? Sie freute sich schon auf den Tanz im Schloss und in der Redoute. Ein wenig Schminke machte jede Haut schön. Hatte sie wirklich das Beste aus sich gemacht? Hatte sie ihrem Mann nicht doch etwas zu viel zugemutet? Wenn sie von Kunst reden wollte, sprach er von Pferden und Kutschen. Aber er sprach gut französisch und war wahrscheinlich der beste Tänzer bei Hof. Aber auch ihn schien die Melancholie ergriffen zu haben. – Es war ja kein Wunder. Sie war geschickt im Verbergen, er auch. Sie war sich sicher, dass Goethe im Grunde leicht zu handhaben war. Sie musste ihrem Mann auf jeden Fall erklären, warum sie einen Tag später angekommen war.

Fünf

Goethe kam vier Wochen später nach Weimar zurück. Beide fanden dort schnell in ihren gewohnten Alltag. Wenn Goethe abends zum Essen kam, betupfte sie ihren Hals mit ein paar Tropfen Eau de Cologne, zog ein weißes Krinolinenkleid an und die rosa Schuhe, mit denen sie ihn in Ilmenau begrüßt hatte. Sein *gnomisch verschlossenes Herz* sollte wieder auftauen. Sie sah, wie Goethe, viel voraus, das sie nicht ändern konnte. Seine Beichten glaubte sie ihm manchmal nicht. Er hatte das Gefühl, von der Turmgesellschaft des Hofes (auch von seiner Geliebten) dominiert zu werden und wehrte sich mit *Beichten*. Er hatte an Wieland geschrieben: *Ich kann mir die Bedeutsamkeit – die Macht, die diese Frau über mich hat, anders nicht erklären als durch die Seelenwanderung.* Er klopfte ans Fenster, sie öffnete und legte schon ihre Armbänder ab. Ihr Zusammensein war wie immer. Dann aßen sie zusammen. Er sagte ihr hinterher, dass ihr modisches Kleid herausfordernd gewirkt habe. Auch die Pumps und die Ohrringe.

Hatte alles mit dem Alter zu tun? Aber was waren sieben Jahre? Sie war reifer als er, und er hatte allen Grund daran zu zweifeln, dass er ihre Reife erreichen würde. Wenn er sich innerlich von ihr abwandte (was sie sogleich merkte), sprach sie über verfügbare, junge Frauen am Hof. Das war in diesem Augenblick das Beste, um ihn zu halten. Sein Innenleben! Er mochte auch materielle Dinge, und wenn er ein Goldstück bekam, küsste er es. Er hatte etwas Argloses, das hatte sie schnell erkannt. Aber sie hatte an Knebel geschrieben: *Schwer hält sich in politischen Verhältnissen das Innere ganz rein.* Manchmal tat er ihr leid. Sie wusste auch, was andere Frauen in ihrem Alter empfanden. – Tugend? – Wielands Romane zeigten, dass man damit nicht weiterkam. In ihren Träumen trug sie ihre Kinder zu einem großen schwarzen Haus an der Ilm. Plötzlich fiel ihr ein, dass Goethe dafür verantwortlich war. Der dunkle Fluss. Ihre Mutter trennte sich im Traum von ihrem Vater. Ihr Vater ließ sich darauf von seinem Bedienten die Stirnhaut unter die Perücke ziehen und ging mit ihr zu einem Orgelkonzert. Mehr hatte sie nicht behalten.

Der Traum war ein Teil der Welt. Goethe war schlau und selbstbewusst, und betrachtete alles, was er tat, als Zeremonie. Ohne Weimar wäre er *in einer ewigen Kindheit* geblieben. Sie aber war auf Dauer leidenschaftslos geblieben. Wie lange? Er gehörte jetzt zum Geheimen Conseil, und sie hoffte, dass er irgendwann einmal etwas für ihre Familie tun würde. Erlag sie seinem oder er ihrem Zauber? Nachdem sie den Werther gelesen und gehört hatte, dass der Verfasser jung sei, hatte sie damals Zimmermann geschrieben und sich nach Goethe erkundigt. Zimmermann hatte sofort gewusst, dass Goethe in den Weimarer Hof hineinpassen würde und dass der Hof ihn zähmen würde. War sie glücklich? – Ja! – Vielleicht würde ihr dieser Junge ihr ihr ganzes Leben anhaften. Sie hatte ihm damals in Kochberg, nichts vorgespiegelt. Er hatte sich gefügt. Oder war es etwas anderes?

Sie saßen am Tisch und aßen. Es hatte angefangen zu regnen, und die Tropfen liefen die Fensterscheiben hinunter. Vielleicht war das Wetter schuld an ihren Gedanken? Sie hatte nicht den Falschen geheiratet, sondern, wie der gesamte Adel, ohne Liebe. Ihre Versorgung war ausgezeichnet, und sie hatte dieses Wasserschloss, auf dass sie sich zurückziehen konnte, manchmal für ein halbes Jahr. Vielleicht hatte sie auf eine Chance wie Goethe gewartet, denn die zehn Jahre und die sieben Kinder waren unabwendbar gewesen. Ohne Kinder wurde man als alte Jungfer an den Hof abgeschoben, manchmal sogar in ein Kloster. Stein war fast immer weg, außer wenn er zum Kinderzeugen kam. Sie wollte gar nicht wissen, was er hinter ihrem Rücken tat. Sie galt als Frau *ohne jede Prätension und Ziererei.* Was bedeutete das? Zimmermann hatte gesagt, sie brauche nicht gleich jeden Liebhaber zu heiraten. Das hatte sie auch nicht getan. Mit Stein konnte sie sich kaum noch verständigen. Nachdem sie das Wasserschloss in Besitz genommen hatte, war sie eine halbe Bäuerin geworden, oder eine viertel oder eine achtel. Goethe hatte gesagt, dass man von der Erde nichts erhalte, wenn man nicht mit ihr auskomme. Ab und zu hatte sie sich mit Goethe gestritten, manchmal lautstark. Erwartete man, dass eine Frau mit dreiunddreißig Jahren sich nicht mehr veränderte? Sie hatte an Zimmermann über Goethe geschrieben: *Was er noch aus mir machen wird.* Die Beziehung zwischen Goethe und Carl August konnte man Liebe nennen. Obwohl Goethe in den Amtsbriefen immer mit den unterwürfigsten Wendungen unterzeichnete. Sie hatte in Pyrmont auch einen amüsanten Mann kennengelernt, der sie ein paar Mal zum Tanzen aufgefordert hatte. Sie hatten die Adressen ausgetauscht, und vielleicht würde einmal ein Brief von ihm kommen. Aber darauf wollte sie nicht warten. Jetzt war der Dichter Lenz in der Nähe. Mit dem würde sie Goethe vielleicht ein bisschen eifersüchtig machen können. Sie schaute ein wenig ausdruckslos, und Goethe nahm das zum Anlass, sich zu verabschieden.

Auf dem Rückweg von ihr zum Gartenhaus wurde Goethe von drei Kerlen zusammengeschlagen. Sie hörte ein paar Tage nichts mehr von ihm und bekam wenig später ein Zettelchen:

Gestern Nacht wurd ich von Ihnen ausgehend von Vagabunden attackirt. Adieu. Liebste Frau, mein Herz sagt mir nicht, ob ich Sie heute sehen werde, es ist einmal wieder in Bewegung und weis nicht warum. Wie aber geschrieben steht, so ihr stille wärt würde Euch geholfen, so will ich still seyn. G.

Stein ließ sie also beobachten. Sie hatte gespürt, vielleicht sogar geahnt, dass so etwas kommen würde. Dass Stein sich dazu hergegeben hatte! Um sich abzulenken, hatte sich Goethe in seinen Garten Klarinettisten kommen und bis acht blasen lassen. Er schrieb: *Es war alles so herrlich, aber mein Herz taute nicht auf. Für meine Gefühle kann ich nichts.*

Stein musste bei ihr bleiben, sonst würde er nicht nur ihren, sondern auch seinen Ruf ruinieren. Mit ihrer eigenartigen Konzentration würde sie ihn halten. Goethe war das Beste, was Gott ihr hatte geben können. Er sollte bei jedem Abschied das Gefühl haben, sie sei für immer gegangen. Das band einen Mann. Das nächste Mal würde sie nach Karlsbad fahren. Die Stecknadeln waren dort billiger. Sie würde sich weiß kleiden, um den Leuten die Begriffe von Rang und Adel beizubringen. Ihr fiel Zimmermann ein, der sie gerne noch ein paar Tage in Pyrmont gehalten hätte. – Wer sprach denn von Liebe? Vielleicht waren es die Hofallüren, die sie so kühl gemacht hatten? Der Umstand, Geliebte eines Aufsteigers geworden zu sein, schmeichelte ihrer Eitelkeit und

schien ihrem Leben auch mehr Bedeutung zu verleihen.
Sie liebte Goethe und hatte es ihm vor ein paar Wochen
auch gesagt.

Es war keine Droge, keine Besessenheit, wie damals
vor fünf oder sechs Jahren, als sie in eine Affäre hin-
eingeschlittert war, aus der sie nur mit größter Mühe
hatte aussteigen können. Eine Geschichte, von der sie
nie sprach. War es Zynismus, mit dem sie jetzt darauf
zurückblickte? War es Dürkheim oder der Andere gewesen? – Die Heimlichkeit, der Druck, das hatte sie jetzt
auch mit Goethe, und wenn sie nicht die Möglichkeit
gehabt hätte, sich immer wieder nach Kochberg zurück-
zuziehen, wären sie entweder über den Klatsch der Leute
gestolpert oder die Affäre wäre im Sumpf versickert.

Diesen Liebhaber konnte sie an der langen Leine halten, das wusste sie. Aber sie wollte die Beziehung auch
nicht abreißen lassen, noch nicht! Sie wusste, dass auch
Goethe das wusste. Sonst wäre ihr bisschen Macht weg.
Außerdem hoffte sie, dass Goethe ihr auch im Alter zur
Seite stehen würde. *Die Welt war ihr wieder lieb geworden,
lieb durch ihn.* Sie hatte sich schon so los von ihr gemacht.
Ihr Herz machte ihr Vorwürfe. Sie fühlte, dass sie ihm
und sich Qualen bereitete. Vor einem halben Jahr war
sie bereit zu sterben, und war es nicht mehr. Könnten sie
nicht zu dritt glücklich werden? Könnte ihr Mann nicht
Goethes Freund werden? Und sie zu dritt nicht eine
glücklichere Wirtschaft führen? *Ja, wenn sich Liebe herüber und hinüber zahlen ließe wie Geld.* Dass sie so etwas
denken konnte. Der Adel verstand es am besten, die Seele
des Fürsten zu durchschauen, weil sein Überleben von
dieser Seele abhing.

Sie war sich sicher, dass sie Goethes Seele auch durchschaut hatte. – Vielleicht war sie ein Medium? – Wenn sie keines war, hatte sie die Natur doch mit ziemlich guten Fähigkeiten ausgestattet, die sie selbst bei Hof nicht alle hatte einsetzen müssen. Sie wusste, dass Goethe sich über ihre zwei Monate in Pyrmont ärgerte. Dafür hatte sie ihn aber auch mit ihrem Besuch in Ilmenau fürstlich entlohnt. Aber auch Ilmenau hatte ihn nicht ablenken können. Goethe würde jetzt erkannt haben, dass Warten eine so anstrengende Angelegenheit war. Trotz allem hatte sie gemerkt, dass er wieder auf der Spur junger Frauen ging. Sie hatte es geschafft, die Existenz anderer Frauen zu ignorieren. – Er kam ja immer noch jeden dritten Abend herüber, um bei ihr zu essen. – Ich halte das nicht mehr aus, dachte sie, er aber auch nicht! – Wenn er in ihrer Küche saß und ein Stückchen Räucherfisch oder Braten zu sich nahm, kamen sie sich näher als in ihrem Alkoven. Hoffentlich merkte ihr Bedienter nichts, denn der würde es für seine Pflicht halten, Stein alles zu berichten. Stein nahm dann mehr Opium oder Bilsenkraut. – Zimmermann hatte ihr in Pyrmont noch andere Männer vorgeschlagen, aber sie fand die meisten zu alt, wenn sie ehrlich sein sollte. Solche Männer verlangten, dass sie sich hilflos gab. Das würde sie nie tun. Sie war immer noch jung. Goethe hatte sie mit dem Kohlestift gezeichnet, und sie fand, dass dieses Bild ihre Persönlichkeit am besten abspiegelte. Mit dieser Modefrisur à la Rhinozeros, die alle (nicht nur die jungen) Frauen entstellte. – SIE entstellte sie nicht, denn sie hatte nicht die hohe Stirn von Goethes Schwester. Ihre Nase war von Kind auf gerade. – Vor der Zukunft brauchte sie keine Angst zu haben. Alles hing am Herzog, und Goethe stand mit Carl

August in der innigsten Seelenverbindung. – Sie hatte aus seiner Umgebung vernommen, dass wohl die Gräfin von Werthern versucht hatte, sich Goethe zu nähern. – *Du hast alles, was ich getan habe, von dir loszukommen, wieder zugrunde gerichtet,* hatte er am Samstag, dem 10. August 1776 an sie geschrieben. Sie musste sich aber eingestehen, dass auch sie es ohne ihn nicht mehr ausgehalten hätte. Sie hatte ihm ja geschrieben, dass ihr das Leben wieder lieb durch ihn geworden sei. Trotzdem verstand er nicht, welcher Rancunen sie sich dabei bedient hatte.

Ihre Gegenwart hatte auf sein Herz eine *wunderbare Wirkung* gehabt. Das hatte sie verstanden. Aber nicht verstanden, warum. Manchmal waren seine Briefe auch ein bisschen kitschig. – Selbst wenn man die überreiche Briefkultur ihrer Zeit abzog. – Ihre Persönlichkeit hatte sich vor ihrer Bekanntschaft mit Goethe gebildet, auch in ihrer Ehe mit Stein und durch den Hof. Sollte es da nicht ganz natürlich sein, dass sie Goethe überlegen war?

Sie hatte in ihrem dreiunddreißigjährigen Leben Askese gelernt, auch wohlerzogen und immer kritisch zu sein. Sie wusste auch, dass sie Menschen an sich heranziehen konnte. Sie wusste, dass sie manchmal so aussah, als schaue sie grausam amüsiert. Auch auf der Kohlezeichnung, die Goethe von ihr gemacht hatte. Sie wusste, dass die meisten Leute am Hof Achtung vor ihr hatten. Aber manche im Adel schauten auf sie herab, weil ihnen zugetragen worden war, dass sie ab und zu wissenschaftliche Bücher zitierte. Je mehr sie sich von Goethe zurückzog, desto mehr offenbarte er ihr Herzensgeheimnisse. Es war obszöne Aufrichtigkeit. Der ganze Pietismus, dem sie auch angehört hatte, enthielt diese Art von Aufrichtigkeit. Man konnte seine Innenwelt so auskleiden.

Für Goethe hatte hier ein neues Leben begonnen. Er war noch keine dreißig und schon im Geheimen Conseil. Goethe hatte ihr erzählt, dass er in Frankfurt in viel besseren Umständen gelebt hatte als hier in Weimar. Dafür war er nicht von Adel. Solche Vergleiche und Gedanken machten ihr Depressionen. Sie hatte ihr Wasserschloss und ihre drei Söhne. Das alles hatte Goethe nicht. Er war mit seinem Werther in die europäische Öffentlichkeit geraten. Hatte er das überhaupt verkraftet? Hier am Hof machte man es ihm vielleicht zu leicht. Der Werther war seine einzige Referenz, vielleicht noch der Götz. Hinter der Art, wie sie Goethe handhabte, stand natürlich viel Absicht, aber auch Unsicherheit, und die Ahnung, dass ein bisschen Sicherheit nur durch ihre Art zu erreichen war. Immerhin gab es jetzt jemand, um dessentwillen es sich lohnte morgens aufzustehen. Solange sie das Heft in der Hand hatte, würde sie sich sonntags nicht mehr allein fühlen, wenn ihr Mann allein in die Kirche ging. Sie fand es aufregend, sich vorzustellen, was Goethe gerade dann tat. Meistens lag sie mit ihren Gedanken richtig. Ihre Aufgabe war es im Augenblick, seinen Charakter zu betreuen. Nicht nur seinen Charakter, sondern auch die anderen Bedürfnisse. Er liebte sein Gartenhaus an der Ilm, wo er zusammen mit seinem Diener Seidel lebte, und sie wusste, dass er auch manchmal Stille und Zurückgezogenheit brauchte, um seine *Stella* und seine *Geschwister* fertigzuschreiben. Er gab ihr auch manchmal Sachen zum Lesen, und nichts konnte ihr ihre Freude daran verderben. – Aber was war das für eine Beziehung, wenn er ihr schrieb: *Ich bin nun einmal der Frauen Günstling, und als solchen musst du mich auch lieben.* Sie würde ihn wieder einmal eifersüchtig machen müssen. Lenz war gerade im Fürstentum, auch ein ordentlicher Dichter, aber auch ein ehemaliger verdruckter Hofmeister, der seine Argumente aus den Gesetzbüchern holte. Wenn sie ihn ein paar Wochen in ihr Wasserschloss nach Kochberg mitnähme, würde sie (wenn sie sich nicht täuschte) Goethe ein bisschen süchtiger nach ihr machen. Wo sollte sie denn hin? Die Beziehung mit Stein war ausgelebt. Sie hoffte, dass dieser junge Fant ihr auch den Lebensabend versüßen würde. Wenn es mit Lenz nicht fruchtete, würde sie noch aufmerksamer sein müssen und den Text hinter dem Text, den Goethe sagte, studieren müssen. Tatsächlich sah Goethe ihrem Mann sehr ähnlich, von der Seite und von vorn.

Sechs

Am Samstag, dem 7. September 1776 schien Goethe doch gewittert zu haben, was sie mit Lenz vorhatte. Charlotte empfing seinen Brief, und da sie eine Frau war, die schon einige Liebschaften hinter sich gebracht hatte, dachte sie, dass es gar nicht die Eifersucht war, die sie Goethe zumuten wollte, sondern ihr Wunsch, den auch schon ein bisschen gerühmt gewordenen Dichter Lenz zu konsumieren.

Als Goethe heraushatte, dass sie offenbar Gleiches mit Gleichem vergelten wollte, schrieb er ihr: *Adieu, ich bin dem Schicksal zu viel schuldig, als dass ich klagen sollte, und doch für meine Gefühle kann ich nichts. Adieu, ich werde nicht nach Kochberg kommen, denn ich verstand Wort und Blick. Adieu.* Er ging mit Wieland in seinen Garten und versuchte in Ober-Weimar etwas *mit der Flinte* zu erlegen. Auf wen war das Gewehr überhaupt gerichtet?

Kochberg lag sehr schön, mit einem kompakten Wirtschaftshof und rechts daneben das große vierstöckige, rechteckige Schloss mit dem Schrägdach. Eine kastenförmige Burg mit ein paar niedrigen Seitengebäuden, die einen kleinen Hof einschlossen. Dicke Mauern und kleine Fenster. Sie würde sich mit Lenz in der Rotunde im Innenhof in die Sonne setzen, und Lenz würde ihr etwas vorlesen. Sie wollte ein paar Wochen mit ihm verbringen. – Sie wusste ganz genau: Goethe hatte in ihren Schattenriss, den er von Zimmermann bekommen hatte, den Schattenriss von Charlotte Buff aus Wetzlar hineingesehen. Die Scherenschnitte der Frauen in Lavaters

Physionomik sahen sich alle ähnlich. – Sie interessierte an ihren Freunden vor allem das Gespräch, der Aphorismus, das Fluidum. Das Körperliche war eine Dreingabe. Ein Mensch (besonders ein Mann) war schon etwas Komisches. Sie war froh, dass er diese Stelle als Geheimer Rat hatte, denn bloße Schriftstellerexistenzen hatten immer etwas Unglückliches.

Nun war sie also mit Lenz hier in Kochberg. Sie hatte Goethe zeigen wollen, dass auch in seinen glänzenden Eigenschaften keine Gefahr für sie lag. Dass sie hier oben mit Lenz alleine wohnte, war für sie nicht peinlich. Sie würde ab und zu den Herzog einladen, um Öffentlichkeit zu dokumentieren, und der Herzog könnte auch ein wenig nach ihr sehen. Über das, was die Liebe war und was sie anrichten konnte, hatte sie in den vergangenen Jahren viel gelernt. Misstrauen war bei Liebhabern immer da, und manchmal kam auch Böswilligkeit ins Spiel. Lenz war zu harmlos, um das zu durchschauen. Wenn sie an einen Freund schrieb: *Lenz ist kein Goethe,* dann meinte sie das und nichts anderes. Lenz konnte ruhig mal zwei Monate in Kochberg bleiben.

Sie hatte sich Lenz von Goethe ausgeliehen, und wenn es draußen einigermaßen schön war, setzte sie sich mit Lenz auf den Rand des kleinen steinernen Brunnens im Hof vor dem Schlosseingang und ließ sich, wie man draußen sagte, englisch beibringen. Lenz musste ganz betroffen gewesen sein, als Goethe ihm sein Glück ankündigte. Vom 12. September bis zum 30. Oktober 1776 würde Lenz dieses friedliche Leben mit ihr zusammen hier oben genießen dürfen. Draußen war es schön. Das weiß gestrichene Schloss warf in der Mittagssonne einen großen, schwarzen Schatten auf die Platten des

Bodens. Der Eingang war mit Efeu zugewuchert, und wenn Lenz das tat, was er unterrichten nannte, räkelte sich in dem oberen spitzen Teil des Schlossschattens ihre Lieblingskatze. Lenz hatte ihr ein Gedicht geschrieben, das endete: *Bis Gott mir diese Schuld verziehen, / dass ich noch einmal dich geküsst, / die eines Andern Eheweib ist.* – Natürlich war es zu mehr gekommen als Englisch lernen, und ein Vers in einem anderen Gedicht von Lenz bewegte sie besonders: *Der Engel Lust im süßen Unschuldskleide.* Wie jeder, auch Goethe, fühlte Lenz alle seine Fähigkeiten *durch ihre Gegenwart gesteigert.* – Am 10. November war Lenz wieder in Weimar. Gebracht hatten die acht Wochen ihr doch, dass Goethe noch sehnsüchtiger an sie schrieb.

Schließlich musste Lenz Weimar verlassen, weil er (vielleicht ein bisschen nur) von ihrer Intimität ausgeplaudert hatte. Im Übrigen würde sie bald in Goethes Nähe ziehen. Das ehemalige Stieden-Vorwerk zwischen Seifengasse und Ackerwand, das gerade für sie renoviert wurde. Goethe hatte ihr in seiner praktischen Art angeboten, die Wohnung neu streichen zu lassen und sie für sie einzurichten. Unter der Wohnung war allerdings ein Pferdestall, aber sie war eine gute Reiterin und liebte die Pferde. Sie und Goethe würden sich von ihren Fenstern aus Lichtzeichen geben. Und Goethe hatte keine zwanzig Minuten mehr zu ihr zu laufen, sondern nur noch zwei. Wenn Goethe mit dem Herzog unterwegs war, hatte sie immer noch die Herzogin Luise. Außerdem gab es noch den Musenhof, wo die Begabten vom Hof kleine Lust- oder Singspiele oder Operetten zur Aufführung brachten. Goethe würde dort der Theaterdirektor sein. Goethe hatte *Die Mitschuldigen* und *Die Geschwister* geschrieben, ein kleines Stück, in dem er Passagen aus einem ihrer Briefe wörtlich zitierte und einer der handelnden Personen in den Mund legte. Das Stück stufte sie von der Tochter zur Mutter herab. Ihr Mann spielte in Goethes Stücken auch mit und sang und tanzte sehr gewandt. Sie selbst tanzte so gut, dass sie im Hofballett den *pas de deux* tanzte. Wenn sie sich allein fühlte, kam Knebel sie besuchen, ein Go Between zwischen Preußen, Franken und Weimar, ihr Verehrer, genauso wie Siegmund von Seckendorff, der auch komponierte. Gedichte und Neckereien gingen von allen Seiten hin und her. Man schenkte sich Strumpfbänder, und im Grunde war jeder mit jeder einmal zusammen gewesen. Was sie und Stein zehn Jahre zusammengehalten hatte, war die Vernunft, der Adel und die Kinder. – Vor dem *clownschen Witz* ihres Mannes hatte sie Angst. Er lachte über ihre geistlichen Freuden.

Sie überlegte, ob sie eines ihrer Kinder für ein Jahr in Goethes Haus geben sollte. Am besten Fritz, den sie mehr liebte als alle und der durch Goethe ein besserer Mensch würde. Goethe gab ihm Lektionen, nahm ihn auf Spaziergänge mit, auch auf Reisen, die erste nach Leipzig. Dort begegneten sie Stein, der sich überhaupt nicht darüber wunderte, seinen Sohn so weit von Weimar entfernt in der Obhut Goethes anzutreffen. Goethe schrieb ihr etwas später: *In sorglichen Augenblicken ängstigt mich dein Fuß und deiner Kinder Husten. Wir sind wohl verheiratet. Das heißt: durch ein Band verbunden, wovon der Zettel aus Liebe und Freude, der Eintrag aus Kreuz, Kummer und Elend besteht.*

Stein war anfangs dagegen gewesen, dass Goethe so viel Macht im Herzogtum und einen Platz im Conseil bekommen hatte. Aber Stein passte sich an, so wie sich der gesamte Hof schnell dem Willen des Herzogs unterworfen hatte. – Irgendwann hatte Carl August erfahren, dass Charlotte an eine Freundin geschrieben hatte: *Ich kann mit Goethe nicht sprechen, ohne dass wir einander wehtun.* Er hatte Goethe darauf angesprochen, und Goethe hatte geantwortet: „Sie zwingt mich, sie hart zu behandeln, so wie sie mich hart behandelt. Wenn ich es tue, sagt sie, ich sei kalt, und zieht sich zurück."

„Das ist eine der gebräuchlichsten Lebensfallen", sagte Carl August, „ich selber arbeite oft damit. – Selbst als Landesherr. Das Volk kriegen sie nicht anders in den Griff!"

Goethe hatte ihr von dem Gespräch erzählt. Sie wusste nicht, wie er von ihrem Brief erfahren hatte. Sie fühlte sich zutiefst angegriffen und wies alles, was er gesagt hatte, zurück. Ja, Goethe hatte das Gefühl, als wären die Worte, die er gesagt hatte, zu nichts geworden. Er würde die Angriffe auf sein Unbewusstes mit Schreiben beantworten. Vielleicht würde sie trotz allem noch ein Mittel finden, geistige Nähe herzustellen. Er würde mindestens zwei Jahre Abwesenheit dazwischen legen müssen.

Sie hatte es Goethe gezeigt. Wenn man zu gutmütig war, hielten die anderen einen für einen Narren, ob Mann oder Frau.

Die Seele ist eine dunkle Vorstellung aller Welt und aller ihrer Verhältnisse; dann und wann tritt eine derselben ins Helle, und die Seele wird sich derselben deutlich bewusst; der Mensch sagt alsdann zukünftige Dinge mit der nämlichen Gewissheit wie die Gegenwärtigen, so hatte sie sich einmal gegenüber Elisa von der Recke geäußert.

Vielleicht hatte sie Goethe überschätzt. Ja, er war Anwalt. Aber er hatte die Rechte in einem Schnellkurs in Straßburg gelernt, sie könnte ruhig sagen absolviert. Knebel hatte ihn ein Wesen mit südlicher Beleuchtung genannt, aber sie wusste bis heute nicht, was er damit gemeint hatte. Natürlich war er ein Typ, der jede Chance ergriff. Lilli war keine gewesen! Kurz nach seinem Rückzug war das Bankhaus ihrer Familie in ein Fallissement gestürzt. – Als hätte er es gerochen. – Er hatte nur hier in Weimar ein paar wirkliche Beziehungen aufgebaut. Wenn er so weitermachte, würde er nur mit einer Bezahlten zurechtkommen. War sie denn besser als eine Käufliche? Dann würde die ganze Welt wissen, was er vom Adel hielt, und die vielen Jahre, die sie sich noch mit ihm wünschte, würden nichts gewesen sein. Jetzt konnte sie noch Schicksal spielen. Was würde dann die Nachwelt aus ihm machen? – Was hatten sie denn aus Jesus gemacht? – Es hatten ja alle schwache Nerven – und alle warteten ab. – Dann würde ihr Alter sie vielleicht ohne Goethe ereilen. Am Schreibtisch, im Rüschenhäubchen, die gespitzte kleine Feder in der Rechten. Der Großpudel mit einer Decke über dem Rücken gegen die Kälte vor ihrem Tischchen liegend. Hingestreckt wie alle Hunde, denen es nach der Mahlzeit gut ging.

Sie hatte eine halbe Flasche Melnicker getrunken. Plötzlich öffnete sich ein Zeitfenster. Irgendwann musste sie ihn schon gekannt haben. – Hinter blauen Vorhängen! – Ein ovales Porträt! – Seine Kindheit, erste Schreibversuche mit vier Jahren. Das Haus am Hirschgraben nach dem Umbau. Er hatte ihr ja alles erzählt. Der verwirrte Klauer im zweiten Stock, dessen Geld Goethes Vater verwaltete. – Oder die Tante! – Johanna Fahlmer, die er so mochte, und die seiner Schwester den Schlosser abgespannt hatte, oder Schlimmeres! – Dunkelbraune Haare wie sie! – Die schmale Treppe im Hirschgraben mit den breiten, flachen Stufen. – Der Gong, mit dem seine Mutter zum Mittagessen rief. – Und wie er damals nach Weimar kommen sollte: Nachts um eins im Mantel seines Vaters bis zur Faulpumpe, weil die Kutsche nicht kam, die ihn zu ihr bringen sollte, nach Weimar! Seine Schwester Cornelia? – Nein, die war ganz anders und sah auch anders aus. – Es war sein Blick! – Der Blick ihrer Mutter! Vielleicht hatte sie einen Teil des Rätsels gelöst. Selbst ohne Rausch. – Sie war auf Umwegen dahintergekommen. Sie konnte genauso mit Paradoxen arbeiten wie Goethe. Nur nicht so schnell alles in Begriffe kleiden, sonst sind Gedanke und Vorsatz gleich weg. – Der ist so jung und darf mir den Atem nehmen, dachte sie. Es kletterte aus ihrem Kopf: Wie du mir, so ich dir. Sie wusste, dass Goethe darüber nur lachte. Er lachte nicht viel! – Der Melnicker hatte sie auf diesen Gedanken gebracht.

Ihre Beziehung zu Zimmermann war fast abgebrochen. Goethe hatte viel Anteil daran, denn er mochte nicht, dass sie einen anderen Seelenfreund hatte als ihn. Zimmermanns Tochter (einmal eine Schönheit) war jung gestorben, und er hatte seinen Wohnsitz in Hannover behalten. Sein einziger Sohn, ein Student, war wahnsinnig (oder wie man damals sagte blödsinnig) geworden. Zimmermann hatte seinen Wohnsitz in Hannover behalten und hatte dort eine neue Freundin gefunden, Luise von Döhring, die Frau eines Hofrats. Aber Herr von Döhring war intelligenter als Stein und ließ sich (natürlich zusammen mit seiner Frau) nach Ratzeburg versetzen. Zimmermann hatte die einzige Frau verloren, die ihm etwas Nähe gegeben hatte. In einer Schrift, die er Frau von Döring gewidmet hatte, schrieb er: *Mein Todesurteil hätte mich nicht niedergeworfen wie dieser Schlag. Denn sterben konnte ich, aber ohne sie konnte ich nicht leben!*

Luise riet ihm, sich wieder zu verheiraten. Er antwortete, er würde es tun, wenn sie ihm eine Frau aussuche. Sie machte nach langem Suchen das siebenundzwanzigjährige Fräulein von Berger ausfindig, die Tochter des ehemaligen Hofarztes in Celle. Sie war siebenundzwanzig, er vierundfünfzig. Nach zehn Jahren würde Zimmermann ihr schreiben: *Meine Frau ist und bleibt das größte Glück meines Lebens.*

Kurz nach seiner Hochzeit hat er einem alten Freund geschrieben: *Meine Frau ist eine ganz vortreffliche Person, lebt ganz für mich, hilft mir in allem, regiert ihr Hauswesen, das aus drei Bedienten und drei Mägden besteht, vortrefflich und ist hier in der Stadt von jedermann geehrt und geliebt. Sie hilft mir bei allen meinen Geschäften, sitzt bei mir, wenn ich an meinem Buche schreibe, ist mein Bibliothekarius und mein Sekretär. Wenn ich einen Gedanken habe, den ich nicht gleich zu Papier bringen mag, läuft sie hin und schreibt ihn auf.*

Charlotte freute sich darüber, dass Zimmermann sein Glück gefunden hatte. Er war doppelt so alt wie seine Frau. Mein Gott, was sollte sie sagen? – Sie wusste, dass Goethe an Zimmermann zweifelte, weil sie ein Verhältnis mit ihm gehabt hatte und weil Goethe ihm die Verbindung mit ihr ihm verdankte. Vielleicht würde Knebel auf einen flüchtigen oder längeren Besuch bei ihr hereinschauen. Wenn er kam, war er jedes Mal von neuem ihr Freund, immer diensteifrig und gefällig. Er mochte ihre *ganz bestimmte reine Linie.* Jeder schrieb damals eine

Charakterstudie über den Anderen. Knebel schrieb über sie: *Reines, richtiges Gefühl bei natürlicher, leidenschaftslo-ser, leichter Disposition. Fleiß und Wissbegierde haben Sie zu einem Wesen gebildet, dessen Dasein und Art in Deutschland schwerlich oft wieder zustande kommen dürfte.*

Sieben

Knebel hätte sich gewünscht, dass der Herzog ihm eine Stellung bei Hof oder in der Verwaltung geben würde. Später reiste er in seine fränkische Heimat, und alle Welt glaubte, dass man ihn in Weimar nie wiedersehen würde. Knebels Hassliebe zu Weimar war bekannt. Der Hass galt dem Hof, aber seine Liebe ihr. Auch der Herzog fühlte sich zu ihr hingezogen, ärgerte sich aber über Charlottes inniges Verhältnis zu seiner Frau Louise und versuchte die beiden jungen Engländerinnen Emilie und Elise Gore an ihre Stelle zu platzieren. Er schrieb: *Die Stein und die Herder, mit vielen Verdiensten, aber zu häuslich und zu wenig à leur aise, sind ihr zu leicht.* Angesichts der engen und intimen Beziehung zwischen Charlotte und Louise konnte man diesen Satz gar nicht ernst nehmen oder Carl Augusts Eifersucht zuschreiben. Charlottes Sohn Fritz hatte damals über Knebels häufige Besuche bei seiner Mutter merkwürdige Anspielungen gemacht. Damals hatte sie sich noch in weißen Taft gekleidet, im braunen Haar eine dunkle Rose, und alle ihre Freundinnen hatten sich rosafarbene Schuhe machen lassen, weil ihr die ihren so gutgestanden hatten. Und heute? – Sie wusste, wie sie anderen erschien. Charlotte von Kalb hatte sie als das Wesen geschildert, *welches den Jahren nach Matrone genannte werden könnte und noch die sanfte Neigung grünender Gesinnung erregte.*

Trotz allem war sie nur an verkappte Melancholiker geraten, Stein, Goethe, Zimmermann, Knebel. Eigentlich war auch Herder solch ein Typ. Vielleicht alle, die ihre eigene Innerlichkeit und ihren Intellekt ausbeuteten. Solche Männer waren aber für eine hintergründige, aber doch klare Frau wie sie leicht zu entern. Das Rätsel um ihre Beziehung zu Goethe würde die Nachwelt nur im Rousseau finden. Rousseau unterwarf sich gern, wie ihr Fant, der diese süßen Briefe schrieb. Rousseau hatte seine Herrin in Frau von Waren gefunden, Goethe in ihr. Später würde man vielleicht wissenschaftliche Begriffe für ihr Verhalten finden. Die Annonce in seinem berühmten Werther hatte sein Leben bestimmt. Dort stand: *Zwar weis ich so gut als einer, wie nötig der Unterschied der Stände ist, wieviel Vorteile er mir selbst verschafft: nur soll er mir nicht gerade im Wege stehen, wo ich doch ein wenig Freude, einen Schimmer von Glück auf dieser Erde genießen könnte.*

Das hatte der Adel in Deutschland gern vernommen, sie auch. Man hatte ihn durch Zimmermann sondieren lassen, der sie alle beide kannte und der dem Hof über Goethe ausführlichsten Bericht erstattete, man hatte ihn geprüft und für besonders richtig befunden. Aber Goethe hatte im Werther auch geschrieben: *Da ist ein Weib, zum Exempel, die jedermann von ihrem Adel und ihrem Lande unterhält, so dass jeder Fremde denken muss: das ist eine Närrin, die sich auf das bisschen Adel und auf den Ruf ihres Landes Wunderstreiche einbildet.* – Das hätte der Weimarer Kaste doch auch zu denken geben müssen. Er hatte weitergeschrieben: *Sieh, ich kann das Menschengeschlecht nicht begreifen, das so wenig Sinn hat, um sich so platt zu prostituieren.*

Jetzt hatte er es vielleicht selbst getan, nicht einmal zwei Jahre nach dem Erscheinen seines Werther-Buchs. – Es gab Menschen, die neunzig Jahre alt wurden und nicht ein Zehntel von dem wussten, was Goethe erfahren hatte. Das Leben war sang- und klanglos an ihnen vorübergezogen. Und? – Hatten die etwa schlechter gelebt als Goethe? War sie in der Sackgasse oder die anderen? – Beim abendlichen Spaziergang durch den Stern hatte Goethe einmal zu ihr gesagt: „Die vielen Menschen, die in den Kurorten zusammenfinden und Sprudel trinken, das sind die Seehunde, die sich mit tausend anderen auf den Robbenbänken sonnen. Die Menschen würden sich auch nackt auf die Felsen legen, wenn sie könnten.“ – Sie würde ihn auch noch dazu bewegen, in eine dieser Sprudelburgen zu fahren und seine Gesundheit zu pflegen.

Sie hatte sich schon immer für Philosophie interessiert, Goethe war für Spinoza. – Dabei war Wolff der Größte. Der hatte der lateinisch geschriebenen Philosophie einen deutschen Ausdruck gegeben, und dass im Augenblick der Rationalismus seine Kometenbahn zog, überzeugte sie völlig. Woher hatte denn Goethe seinen Begriff des „Selbst“? Metaphisick war ihr Lieblingswort geworden. – Etwas, was hinter dem Körper lag, aber der Körper kam zuerst. Goethe interessierte sich zunächst einmal für den Körper. Metaphisick war ein Wort, das sie mochte. Etwas, das neugierig und lebendig machte. Wolff war Protestant und die meisten großen Schriftsteller auch. – Als sie in Goethes Werther den Satz gelesen hatte: *In der Welt ist es sehr selten mit dem Entweder-Oder getan*, wusste sie, dass es in ihrer Situation nur Goethe geben könne. DIESER Werther würde sich sicher mit ihrem Mann arrangieren. War er dann ein Opfer? Nicht so sehr wie sie! Sie hatte sich nicht verrechnet. Das hatte die Gegenwart gezeigt. Er wollte demnächst anfangen, ihr seinen Wilhelm Meister zu diktieren. Denn er hatte schon nach einem halben Jahr das Gefühl, seine hessische

Heimat an diesen Fürstenhof zu verlieren. In seinem Roman würde er die Heimat wenigstens für seine Leser aufleben lassen. Es war aber auch klar, dass sie sich einen so jungen Mann wie Goethe nicht gewünscht hatte. Die Zeitläufe, die Kutschenideen ihres Mannes, ihre unzuverlässigen wenigen Liebhaber zuvor hatten dabei mitgewirkt. Selbst wenn sie krank würde, wusste sie nicht, ob sich Goethes Verhalten ändern würde. In Weimar würde dann der Klatsch herumgehen, dass Goethe nicht einmal auf eine Kranke Rücksicht nähme. – Aber sie mochte ihn doch. „Du kannst mich ruhig hart anfassen", hatte sie einmal zu ihm gesagt.

In einem anderen Herzogtum wäre eine Affäre wie die ihre bitterböse geendet.

Ein älterer Mann, ein Arzt, wurde, zusammen mit seiner Haushälterin und Geliebten, erschossen. Was dahinterstand, kam nie heraus. – Regierungsspitzen waren involviert. Die Regierung ließ sich den Zynismus nicht nehmen, eine ältere Frau, die angeklagt und fast ohne Beweise zu zwanzig Jahren Kerker verurteilt wurde, nach fast achtzehn Jahren zu begnadigen. – Der Kuddelmuddel und die vielen Liebhaber, Zeugen und Gegenzeugen ließ sich bis heute nicht entwirren, geschweige denn verstehen. So wollte sie nicht enden.

Sie wusste, dass Goethe wusste, dass sie ihr bisschen „Reichtum" ihrer Heirat mit Stein verdankte. Zu ihrem Rittergut gehörten auch Schäfereyen und viel Land, das sich bis nach Rudolstadt und in diese Stadt hinein erstreckte. Aber die Felder und Wiesen waren nicht fruchtbar, und das Holz war schwer wegzuschaffen, weil kein großer Markt in der Nähe war. Sie war durch ihre Heirat unter den Adligen, die fast alle arm waren, noch die Begütertste geworden. Der Herzog wusste das auch, hielt sie alle kurz und gab ihnen nur etwas, wenn er sie oder ihre Freunde kannte. Wenn sich jemand bei Hof, und das hieß bei Carl August und seiner Mutter, beliebt machte und beliebt blieb, konnte es sich niemand leisten, eine Kehrtwende gegen ihn zu machen. Wieland war das beste Beispiel. Der war über seinen jungen Nachfolger auch nicht gerade glücklich gewesen, zumal der eine Farce über ihn geschrieben hatte. Goethes Briefe an sie waren im Grunde genauso stilisiert wie die an Friederike Öser oder Behrisch in seiner Leipziger Zeit. Er hatte ihr die Briefe ja alle gezeigt. Goethe war jemand, der auf seine Art schrieb. Aber seine Eifersucht hatte sie erkannt … und ausgenutzt. Im Grunde war er ein Kind geblieben. So offen wie dieser Junge war noch keiner mit ihr gewesen. Sie aber auch mit ihm! Goethe würde immer jung bleiben. Sie wusste: Die Briefe an sie waren auch nur eine Art, einen Roman zu schreiben. Weil er ihre Härte erkannt hatte, hatte er neuerdings begonnen, Steine und Felsstücke aus der Umgebung zu sammeln. Das war jetzt am ganzen Hof Mode geworden.

Und der Herzog? – Bei aller Liebe und Verbindlichkeit, er schielte auch nach ihr. Sie wusste nicht, ob nach ihren Tänzerinnenwaden (denn die waren recht ausgebildet), oder nach ihrem dickmaurigem, unstürmbarem Wasserschloss mit Feldern und Ländereien, die sich bis nach Rudolstadt erstreckten. Es hatte lange gedauert, bis Goethe diese Festung erobert hatte, sie aber auch sein Herz. Er hatte es mit einem Raubschloss verglichen, indem sie nun Herrin war. Nun war die Festung übergeben, ob im Ernst oder für einige Zeit, darüber konnte man rätseln. Im Götz hatte er bewiesen, dass er erkannt hatte, wie es an den Adelshöfen und in der Politik zuging. Der Werther hatte gezeigt, dass er auch ein bisschen naiv war. Er hatte im Götz für Ordnung um jeden Preis plädiert und die erotische Zügellosigkeit des Adels dargestellt und hingenommen. Sie, Charlotte, war ja nach ihrer schweren Jugend auch fast ein Opfer dieser Zügellosigkeit geworden.

Knebel und Stein kamen, wann sie wollten, und Goethe schien das nichts auszumachen. Goethe hielt vom Faustrecht mehr als von der ganzen Juristerei. Das war überhaupt der Grund, warum er den Götz geschrieben hatte. – *Die bequemen Rechtsgelehrten sind Schlafmützen,* darüber konnte sie nur lachen. Aber Goethe musste sich zurückhalten. Seine Stimme, eigentlich nur für die Literatur (allenfalls zu Ave und Halleluja) bestimmt, würde auch seine Schwächen (die sie kannte) in die Welt hinaustragen. Sie würden alle zusammen noch eine Weile an ihm arbeiten müssen. Im Übrigen merkte sie schon an seinen Briefen, dass Goethe versuchte, die Beziehung in die Länge zu ziehen, wie sie auch. Sie hatte etwas von Adelheid von Walldorf aus dem Götz. – Goethe war „smart", wie die Engländer es nannten. – Knebel war auch so einer, der an seiner Pfeife sog und sich nach einer Chance oder einer jungen Frau umsah. – Eifersucht und Intrigen waren am Hof üblich. Sie hatte sich ja auch Lenzens bedient, über den Wieland gesagt hatte: „*Lenz ist unter uns wie ein krankes Kind.*" – Mit einem Jüngling Erotik haben.

Goethe musste doch wissen, dass ihre Beziehungen offen und frei waren. Die Hofgesellschaft musste ihn in dem halben Jahr, indem er in Weimar war, geprägt haben. Promiskuität! Was für ein Wort. Das war der Geist der

Aufklärung, und er herrschte im aufgeklärten Deutschland an jedem Hof. Überall! Man teilte sich die Frauen, Stein teilte auch. Aber wenn sie nach den Jagden und Parforceritten mit dem Herzog irgendwo bei Stützerbach am Lagerfeuer saßen, sah Goethe Stein *seine Bemerkungen an den Augen an.* So hatte er ihr geschrieben. Vielleicht dachte der Adel hinter Goethes Rücken, er sei ein Spießer. War der junge Kerl wirklich in eine Falle gegangen? Sie konnte es kaum glauben. Sie hatte das Gefühl, dass Goethe den fälligen Abschied von ihr in die Länge ziehen und einen dicken Briefroman oder ein Theaterstück daraus machen würde.

Luise von Imhoff war ihre jüngere Schwester. Luise war als Gattin des Nabobs Imhoff von Gotha nach Weimar gekommen. Imhoff, der auf der Überfahrt nach Indien seine erste Frau an den indischen Gouverneur Warren Hastings verkauft hatte, für eine große Summe, von der man hier in Weimar nur flüsterte. Außerdem hatte Imhoff die beiden Negerknaben Hudan und Lauf mitgebracht, an denen sich nun wiederum ihr Goethe erfreute. – Was die Verwandten taten, ließ sich nie voraussagen. Auch Imhoff lebte nicht ehemäßig. – Ihre Schwester war Gott sei Dank wieder an den Adel geraten. Aber sie hatte gehört, dass Imhoff auf seinem Gut in Mörlach das Geld verschleuderte. Imhoffs Frau, auf die Goethe auch ein Auge geworfen hatte, hielt sich jetzt fast nur noch in Weimar auf. Vor allem, wenn die Kinder kamen. Sie staunte darüber, dass Goethes Fantasie einer Frau wie ihr gerecht werden konnte. *Und dann mein eigen Selbst aus ihrem Selbst erweitern.* – Sie wusste, dass er sich umsah, ohne sich von ihr lösen zu können. Er war immer noch im Tunnel, der der Liebesbegegnung folgte. Natürlich könnte er sich von der Hypnose befreien, dann wäre sie wieder allein. Er könnte eine neue Beziehung anfangen, ohne die Beziehung mit ihr zu wiederholen. Aber um das System zu ändern, müsste jemand von außen kommen. Vielleicht hatte er sich selber in diese Lebensfalle begeben, nur um darüber schreiben zu können.

Sie hatte versucht, sich innerlich von ihm zu entfernen, indem sie sich nach Kochberg zurückzog. Jetzt verflüchtigte er sich durch seine vielen Reisen und Jagden mit dem Herzog. Aus Goethes Verhalten auf irgendeine Art von innerer Schwäche zu schließen, war Quatsch. Die Zitronen im Werther hatten sie auf diesen Gedanken gebracht. Aber der Gedanke führt nicht in das Innere des Anderen. Goethe sprach nicht den geschraubten Stil der Galanterie des Hofes. Im Grunde wusste sie, dass Goethe nur für sich selbst arbeitete. Sie hatte das Gefühl, sie müsse eigentlich ihn bedauern. Sie hatte auch einiges zugetragen bekommen, wie es auf den Reisen mit dem Herzog in den Dörfern und auf den Dorfbällen zuging. *Ein fahles, unangenehmes Stück Realität* war über sie hergefallen. Vielleicht lebte sie in dem Glauben, dass Goethe sie wirklich liebte, es ihr aber nur mit Worten und Sätzen sagen konnte. Die Körperlichkeit hatte sie, wie gewohnt, hingenommen. Für die sieben Kinder hatte es ja der Lust bedurft. Wer konnte da helfen? – Die Seelenärzte nicht, denn sowohl Lavater als auch Zimmermann hatten Goethe weder erreichen noch ihn überholen können. Später waren sie sogar mit ihm zerfallen, und Goethe erwähnte sie in Briefen und Gesprächen kaum mehr.

Charlotte war davon überzeugt, dass Weimar und Carl August das Beste für diesen irrlichternden, begabten, kreativen Jüngling waren. Wenn er es zum Geheimen

Rat gebracht hatte, würde er sein restliches Leben auch wohl hier zubringen. Sie musste nur seine Gefühlswütigkeit dämpfen und vielleicht auch seine Connexion mit den schönen Geistern. *Wenn die Frauenzimmer immer wüssten, was sie könnten, wenn sie wollten,* hatte er gesagt. – Empfinden und Schweigen war alles, was man tun konnte, wenn man auch nur ein halbes Jahr mit ihm verbunden war. – Lotte Buff in Wetzlar hatte ihm zu Weltruhm verholfen, jetzt sollte ihm eine neue Charlotte zu noch mehr verhelfen. – Woher kam Goethes Erfolg? Der Adel war nicht gewohnt, sich zu kümmern. Und Goethe kümmerte sich. Wie unterminiert das politische Klima in Weimar war, sah man (wie an den unterirdischen Kanälen einer Stadt), wenn irgendwo etwas einbrach.

In ihrem letzten Traum war sie in ihrem Wasserschloss in Kochberg gewesen. Der Herzog war zu Besuch gekommen, während Lenz da war, und in seiner Unvorsichtigkeit trat er auf einen Stein, rutschte aus, fiel in den Wassergraben, und Lenz fischte ihn heraus. Sie glaubte, sie war in dem Traum mindestens zehn Jahre jünger gewesen. Ein junger Mann trat von der Seite an sie heran und erzählte ihr viel von ihrem Onkel Breitenbauch. Sie dachte: Du musst ihm doch was geben und schenkte ihm tatsächlich einen Louisdor.

Der Traum war merkwürdig. Sie hatte vergessen, ihn aufzuschreiben. Nach einem Tag hatte sie ihn vergessen. Wie konnte man etwas vergessen, das so gegenwärtig gewesen war? Das brachte ihr Kummer. Zehn (nicht immer langweilige) Jahre mit einem Mann hatten sie gelehrt, die Bedürfnisse dieses Jungen zu entdecken. – Goethe zeigte ihr seine Bedürfnisse. Er trug sie ihr an, schrieb Zettelchen und fast jeden Tag ein Gedicht. Sie spürte, dass eine Beziehung da war, nicht so eine wie zwischen Herr und Hund, aber doch ein bisschen wie zwischen dem Leimrutenbesitzer und dem Vögelchen, das sich auf der Rute niedergelassen hatte. – Nein, der Vergleich war doch zu arg!

Goethe lebte in freier Natur (manchmal ging er in den Conseil) und kehrte (hoffentlich noch lange) ins heimatliche Nest zurück. – Die Leute, die sich gegen ihn gestellt hatten, Böttiger, Fritsch und manchmal auch Wieland waren ihr (so sagte man) zärtlich zugetan. Weniger Liebe als Achtung! Dass es ein paar Zitterpartien (zum Beispiel wie die mit Lenz) gab, war ihnen auch klar. Aber sie war noch nie in ihrem Leben schreckhaft gewesen. Wenn Goethe abends zu spät nach Kochberg kam, ließ sie manchmal die Zugbrücke hochziehen, um zu zeigen, wer die Herrin im Haus war. – Gab es überhaupt einen Kapitän, gegen den nicht gemeutert wurde? Manchmal brauchte sie auch Opium, aber nur einen halben Teelöffel. Sie wusste, dass Goethe, manchmal einen ganzen benötigte. – Sie ließ ihn auf ihre Weise nicht los und er nicht auf seine! Sie musste nur aufpassen, dass sich in Weimar nicht etwa verbreitete, dass sie (wenn auch nur mit der allerkleinsten Anspielung) als Goethes Mätresse angesehen wurde. – Ihre kosmologischen Studien und Gedanken waren auch von Knebel angeregt. Das Universum als Fortsetzung des Sinnensystems. Diese Idee war so schön wie der Begriff des Unendlichen. Der Kosmos: Eine dunkle Einheit. Und unendlich plus eins? – Die Zahl war eines der größten Mysterien überhaupt, besonders die Zahl zwei. Die Zahl zwei war ebenso eine Einheit wie die Zahl eins. Überhaupt war dann jede Zahl eine Ein-Heit. – Unendlich! – Wenn sie sich für Wochen nach Kochberg zurückzog, hatte Goethe das Gefühl, sie verflüchtige sich ins Unendliche. Eine Madonna, die gen Himmel fuhr, nach der er vergeblich seine Hände reckte. Ein Trugbild, das man niemals einholen konnte. Ein Gefühl von Wahnsinn. Die Frau, die er angeblich liebte, von der Unendlichkeit aufgesogen. Sie würde ein Theaterstück mit dem Titel „Das Schweigen" schreiben. Sie hatte keinerlei Schuldgefühle. Liebe war ein bisschen Schach, und doch viel mehr als Schach! Sie wusste nur zu gut, was sie mit ihren weißen Kleidern, der Rose im braunen Haar und ihren rosa Pumps auslöste. *Ein farbiger Fetisch*, von dem Imhoff auf seiner Indien-Reise berichtet hatte. – „Sie in Ihrem Alter?" hatte die Werthern sie einmal auf ihre Kleidung angesprochen. – Sie wusste, dass sie Goethes Stoßseufzer nicht für innere Schwäche halten durfte. Was gab es Dümmeres als einen Liebenden? – Obwohl sie ihm auch ihre Liebe erklärt hatte … Wenn er immer dasselbe wiederholte, ließ sie ihn machen. Dann wusste sie, dass er nichts erkannt hatte.

Wenn sie wirklich zusammengehören sollten, musste er in die Adelsklasse hineinwachsen. Aber er war jung, unreif und spontan. Allerdings hatten ihn der Conseil und die vielen Reisen mit dem Herzog schon ein wenig gebändigt. Goethe war zu klug, als dass er einer Versuchung nachgeben würde. Sein Werther war ja fast eine Annonce zum Aufstieg in den Adelsstand. Sie selbst ruhte einigermaßen in sich. Aber Goethe? – Er war auch Asket und hielt sich in seinem verfallenen Gartenhäuschen mit seinem Diener Philipp Seidel ganz gut. – Wenn sie sich stritten, war es gleichgültig, ob sie von einem Streitgespräch zum Gespräch über dieses Gespräch übergingen. Es war immer wieder ein Gespräch. Vielleicht gefiel ihr deshalb das Wort unendlich so gut. Sie hatte ihr Spiel von Anfang an gespielt. Das Spiel: Unendlich plus eins! Sie war ein paar Mal mit in seinem Gartenhaus gewesen und hatte auch ein bisschen aufgeräumt. Goethe hatte es nicht gewollte und dazu gesagt, was sie tue, sei Finesse. Er saß in der Falle, weil es *außerhalb seiner Reich-weite lag, das System zu ändern.*

Acht

Sie freute sich schon darauf, dass Knebel demnächst für ein paar Tage nach Kochberg kommen würde. Knebel war Goethes Urfreund, aber auch ihrer. Er mochte das Wasserschloss und auch sie, und wusste, dass sie *unprätentiös und ohne jede Ziererei* war, wie er einmal an seine Schwester Henriette geschrieben hatte, die eine Seelenverwandte von ihr war. Die Tage mit Knebel würden gemütlich werden in den weiten Räumen und den schmalen Sälen des Schlosses. Sie konnten jeden Morgen in einem anderen Zimmer frühstücken. Knebel hatte ihr bei seinem letzten Besuch gestanden, dass alle Welt sie und Goethe für ein Liebespaar halte, und dass Stein versuchen würde, sie, Charlotte, zurückzugewinnen. Sie und Goethe waren kein Liebespaar. Er war ihr Liebhaber. Knebel wäre es selbst gern geworden und begnügte sich mit einem Besuch alle paar Wochen. Am liebsten hätte sie ihre Beziehung mit Goethe an Weihnachten in der St. Peter Kirche öffentlich verkündet. Aber das Subtile war besser als das Krude. Das hatte sie schon als Kind gewusst. Liebe: *Die wiegende Empfindung, in der unser Herz schwimmt, immer auf einem Fleck sich hin und her bewegt, wenn ihn irgendein Reiz aus der gewöhnlichen Bahn der Gleichgültigkeit gerückt hat.* – So hatte Goethe es ausgedrückt. Und besser und schöner konnte man über die Liebe nicht sprechen, nicht so überschwänglich, wie Goethe es in manchen Gedichten getan hatte, sondern so wie sie, *die sich immer gleich und beständig war. – Man will gebunden sein, wenn man liebt.*

Sie wusste, dass in ihrer Ehe von Anfang an kein Glück zu erwarten war. Aber Stein war damals der Beste, der zu bekommen war. – Eine freudlose Affäre mit einer anderen Hofdame oder mit einem Hofmarschall hatte sie immer abgelehnt. Sie hatte sich keinen Opportunismus vorwerfen lassen wollen, und auch die ziemlich kühnen Briefe ihres Onkel Breitenbauch hatten sie nicht ästimiert. Schließlich hatte sie doch, wie sie glaubte, das Richtige getan. Sie musste immer wieder an den Traum denken, den Stein ihr vor ein paar Jahren erzählt hatte. Er wurde kleiner und kleiner und verschwand schließlich als winziges Samenkorn im Schoß seiner Frau. So würde es allen gehen! – Goethe verglich sie in ihren nächtlichen Gesprächen oft mit seiner Schwester. Aber sie war nicht seine Schwester, sie war seine Liebhaberin.

Sie hatte manchmal das Gefühl, dass sie mit Knebel besser zurechtgekommen wäre als mit Goethe. – Auch das Gefühl, dass die Weimarer Welt Goethes junge Kreativität langsam überfremdete. – *Wer mit Mühe viele Bücher durchgeblättert hat,* verachtet das leichte einfältige Buch der Natur, hatte Goethe einmal zu ihr gesagt. Aber nicht nur die Bücher veränderten die leichte Einfalt, sondern auch ein Hof. Sie gehörte ja auch dazu und hatte sich in ihrem ganzen äußeren und inneren Wesen den Hofmanieren angepasst. – Hofmanieren und Adel, sie konnte sich gar nichts anderes mehr vorstellen. – *Wenn Wissenschaft Wissenschaft wird, ist nichts mehr dran,* hatte er an Lavater geschrieben. Er hatte ihr den Briefentwurf gezeigt. Er freute sich immer, *wenn der moralische Wortkram sich abermals prostituiert(e).* Was die Leute um ihn herum veröffentlichten, war *Wasser und keine Taufe.* Er hatte in Frankfurt *die bürgerlichen Geschäffte so heimlich* leise [getrieben], als triebe [er] Leichenhandel. Ja, Goethe war ein geborener Autor, aber er erfand seine Figuren nicht, ohne ihnen ein bisschen Kot anzukleben. Das war jedenfalls ihre Meinung. Obwohl sie auf jede seiner kleinen Operetten oder ein Singspiel neugierig war und in den kleinen Theaterstücken oft eine Hauptrolle spielte. – Die Sache mit Lotte Buff in Weimar musste ihn tief getroffen und lange beschäftigt haben. Nur diesem Namen verdankte sie, Charlotte von Stein, dass Goethe sich so sehr an sie gebunden hatte. Vielleicht sogar des Gleichklangs ihrer Vornamen, denn irgendein tertium comparationis musste es geben.

Mit Überraschung stellte sie fest, wie gut sie sich mit Knebel verstand.

Es ist viel Seelenkrankheit in Weimar, hatte Knebel gesagt, *lasst sie nicht zu ansteckenden Seuche werden und verkittet die Poren mit sanftem Öle, wie man gegen die Pest in Ägypten zu tun pflegt.* Er hatte ihr gesagt, dass sie diejenige unter allen sei, *von der er am meisten Nahrung für sein Leben ziehe. Reines, richtiges Gefühl bei natürlicher, leidenschaftsloser leichter Disposition* hätte Charlotte mit ihrem ganzen Bildungsfleiß von dem Umgang mit ungewöhnlichen Menschen zur interessantesten Frau im ganzen Herzogtum gebildet. Dass sie *ohne alle Prätension und Ziererei* war, wusste sie natürlich selber. Knebel meinte, dass sie *bei solchen Eigenschaften mehreren angehören musste.* Die Weimarer Welt *war ungleich instruierter als anderwärts in Deutschland.* Knebel tauchte aber *auch nicht mehr ins Gew*ühl von rohen Halbmenschen.

Sie waren in den Salon gegangen, und Knebel hatte seine lange Gestalt in ihren Lehnsessel gezwungen, hatte den ganzen Abend erzählt und eine Pfeife nach der anderen geraucht. Er war ein langer Kerl, fast zwei Meter groß. Sie war eine Gefangene in ihrem Schloss, und Knebel brachte einen Geschmack von Luft und Freiheit zu ihr hinein. Über zwei vage unanständige Aquarelle an der Wand hatte er vornehm hinweggesehen.

„Ist dir eigentlich bewusst, wieviel Geld die Landwirtschaft mich hier kostet?" – Sie duzten sich seit einiger Zeit.

Knebel tat, als sei Geld etwas Unanständiges. In seiner Kasse war oft Ebbe, und als sie daran dachte, hätte sie ihren Satz über das Geld gerne zurückgenommen. Er war ein amüsanter, lehrreicher Gast. Er kam in Weimar gut an und hatte auch nie versucht, sie zu verführen. Sie hatte aber doch ein paar Mal über seine Möglichkeiten als ihr Liebhaber gegrübelt. Aber Goethe war die Gegenwart, und die Gegenwart forderte immer ihr Recht. Knebel hatte doch lange im preußischen Heer gedient, und die Schleiferei dort konnte an niemandem spurlos vorübergegangen sein. Zu Preußen hielt er immer noch eine dünne Verbindung, und sie wunderte sich, wie sehr Goethe ihm vertraute. Wenn sie mit Knebel über Goethes Angelegenheiten gesprochen hatte, konnte sie abends vor dem Schlafengehen Goethes Sachen auf eine neue erhellte Art lesen. Knebel hatte sie einmal mythoman genannt, weil sie so an Goethe hing. Aber sie beide wussten, dass sie *nicht nur einem angehörte*. Sie hatte das Gefühl, jünger und schöner geworden zu sein.

Ihre Finanzen waren in Ordnung, und wenn es damit schlechter ginge, würde sie ein paar Ländereien an die Stadt Rudolstadt verkaufen. Hilf- und wehrlos war sie nicht. Im Kopf plante sie eine Reise in die Schweiz. Goethe hatte ihr dazu geraten. Ob er es ernst gemeint hatte?

Knebel war freier in seinem Denken. Er mochte das, was aus England und Frankreich in die Fürstentümer herüberkam. Goethe mochte Rousseau auch, aber sein Überleben, auch sein literarisches und politisches, hing davon ab, dass er der engste Freund und Ratgeber eines Fürsten war. – Knebel las in einem handschriftlichen Manuskript Goethes. Ein kleines Theaterstück, das von der Liebhaberbühne des Musenhofs aufgeführt werden sollte. Goethe sollte darin die Allegorie des Tages spielen, Charlotte die Nacht. Goethe hatte gedacht, sie würde sich weigern. Aber sie hatte überhaupt keine Bedenken und war schon dabei, ihre Passagen zu lernen. Alle am Musenhof mussten dafür lernen und spornten sich gegenseitig an. Bei den Proben saß Goethe gerne rittlings auf einem Stuhl und scherzte mit dem fast ganzen dort versammelten Musenhof. Die Herzoginmutter Anna Amalia spielte auch mit und hatte oft ganz starke Passagen.

Was nutzten ihr, Charlotte, ihre vollkommenen Hofmanieren, wenn sie sah, welche Blicke Anna Amalia, die nur zwei Jahre älter war als sie, auf Goethe warf. – Sie brauchte einen neuen Bedienten. Vielleicht Herrn Schach aus dem Dorf, der sie ihr weiteres Leben begleiten könnte. Schach war verschwiegen und würde nichts heraustragen oder mit den anderen Weimarer Bedienten klatschen. Es lag auch an ihrer Person, die zu Vertraulichkeit, aber auch zu Abstand einlud. Sie war scharfsinnig und war, wie sie wusste, immer noch ein bisschen schön. Niemand in Weimar hatte ihr je Koketterie nachgesagt. Ihr Wunsch nach ein bisschen Glamour und Rückzug hatten sie ja zurück nach Kochberg gebracht. Wenn man verwöhnt war, wurde man es nie wieder los. Aber sie war in ihrem ganzen Leben nie verwöhnt worden. Und das hier in Kochberg war etwas, dass sie nie erwartet hätte. Sie blickte aus dem Fenster und sah, dass ein Regenguss den Staub von den Bäumen im Park abgewaschen hatte. – Sie wusste, dass es in Weimar Klatsch über sie gab. Sie habe ihren Mann satt, der sich auch anderweitig umtue. Dabei war das Gegenteil richtig. Goethe war hinter ihr her und klebte auf ihrer Leimroute. Ihre Söhne waren ein Herzensprojekt. Mein Gott, wie hatte sie deren Aufwachsen begleitet und sich über ihre Einfälle in die Obst- und Milchkammern gefreut. Ja, die Söhne waren ein bisschen frech gewesen. Aber wenn sie Goethe behalten würde, könnte er ihnen noch einmal ein Vorbild sein. Ihrem Sohn Ernst schien es nicht gut zu gehen, denn er schwächelte, was sie bei Fritz und Karl nie beobachtet hatte. Stein hatte einfach keine Zeit, sich um seine Kinder zu kümmern. Er hatte sie nur in die Welt gesetzt. Das Leben hatte ihr sicher noch einiges aufgespart. Dreiunddreißig Jahre waren eigentlich, trotz der sieben Kinder, nichts. Sie hoffte, dass Goethe bald wieder mit ihr schlafen würde. Sie hatte Präservative aus Fischblasen und aus Seide besorgt. Stein war sieben Jahre älter als sie, Goethe sieben Jahre jünger. Die beiden trennten also im Ganzen vierzehn Jahre. Das war doch viel Zeit. Und sie, das Weltkind in der Mitten. Im Grund kam es darauf an, wer es länger aushalten würde. Vielleicht hatte Stein sie auch falsch eingeschätzt, denn sie galt bei Hof als fromm.

Nach dem Abendessen ging sie mit Knebel im Park spazieren. Sie umrundeten das Schloss zweimal außerhalb des Wassergrabens. Sie hatten aufpassen müssen; die Brücke über den Schlossgraben war schon lange eine Schwachstelle. Vom Park sahen sie das hohe rechteckige Schlossgebäude mit seinen vier Stockwerken und links daneben den Wirtschaftsflügel mit der kleinen Kapelle. Charlotte mochte solche Spaziergänge. Mondspaziergänge waren in Weimar gerade in Mode. – Sie gingen unter Rotbuchen und Kastanien, und Knebel fragte sie, ob sie Goethe liebe. – „Ja“, gab sie herzlich zur Antwort. – Die Abendstille verschluckte die Antwort, im Schloss schien es keinerlei Leben mehr zu geben. Der Wassergraben war still. – „Warum gerade Goethe?“ fragte Knebel. – „Weil er schwerer zu bekommen war als alle anderen und weil ich auch einmal Komödien schreiben werde“, gab sie zur Antwort. – Sie merkte, dass Knebel ihre Worte erfasste und auch beschnupperte. – Sie spürte, dass Knebel überlegte, wo das schnelle Du zwischen ihr und Goethe hergekommen war. Der Gedanke an dieses schnelle Du war der angenehmste, den sie hatte. Sie erzählte Knebel, dass sie vergangene Nacht von Goethe geträumt habe, beziehungsweise von seiner Schwester. Goethe hatte ihr einmal erzählt, dass sie und seine Schwester die gleiche Figur gehabt hätten: weiß und zart. Hatte seine Schwester ihr etwas vorausgehabt? Sie fragte sich, ob der Hof wusste, wie Goethe in ihrer Einbildung aussah. Sie hatte kürzlich noch einmal Goethes Gedicht Prometheus gelesen. Goethe war ein Genie. Und der Hof sollte einmal sehen, wie sehr sie an sich arbeitete, um ihm ähnlich zu werden. Sprach Goethe mit dem Herzog über sie? Wahrscheinlich, denn der Herzog war ihm näher als jede Frau. Sie deutete Knebel ihre Gedanken vorsichtig an und Knebel sagte: „Die schlauen Leute meiden jedes öffentliche Amt.“ Knebel sagte: „Du kennst doch bestimmt die Werther-Stelle: *Darin sind die Weiber fein und haben recht; wenn sie zwei Verehrer in gutem Vernehmen mitanderer halten können, ist der Vorteil immer ihr, so selten*

81

es auch angeht. – „Ich habe in meinem Leben nie geliebt, sondern eine Adelsehe geführt. Jetzt habe ich jemanden, den ich von ganzem Herzen liebe, und der Vorteil liegt nicht immer bei mir. Das Beste im Leben ist, es sich gut gehen zu lassen, und das tue ich jetzt. Soweit es mir möglich ist. Goethe reizt meine Interessen an den schönen Künsten, ist frei von Vorurteilen und hat an diesseitigem Ruhm noch wenig Interesse. Ich weiß nicht, ob er diesen vertrauten Umgang mit mir überhaupt wünscht. Aber wenn ich liebe, muss ich um des Anderen willen jeden Tag ein Stück besser werden. Das ist keine Selbstlosigkeit, es geht nicht anders. Etwas Weitergehendes möchte ich nicht denken. Man darf sich von solchen Gedanken nicht verwirren lassen, ich bin so und habe mich damit abgefunden." Sie wusste, dass Goethe noch etwas anderes an ihr anzog. Man konnte in ihrer Gegenwart über alles sprechen. Über alles!

Neun

Frisch gewaschen und in einem Kleid aus Rohseide saß sie Knebel am nächsten Morgen beim Frühstück gegenüber. Sie hatte das Frühstück in ihrem Lesekabinett auftragen lassen, denn Knebel liebte die Nähe der Bücher. Sie machte sich klar, dass sie sich bei der Wahl des Liebhabers auch für Knebel hätte entscheiden können, aber sie wollte einmal in ihrem Leben wirkliche Liebe. Die Lust war da, aber zweitrangig. Sie läutete dem Bedienten und ließ das Frühstück auftragen. Knebel aß, wie Goethe, zum Frühstück Weinsuppe, sie weißes Brot mit Butter und dazu mehrere Tassen Kaffee mit Rahm von ihren eigenen Kühen. Knebel vergaß immer, dass sie hier oben in Kochberg auch Landwirtschaft betrieb.

„Hast du keine Lust zu reisen?" fragte Knebel.

„Nein", sagte sie, „ich bleibe hier!"

„Goethe sagte etwas von einer Reise in die Schweiz."

„Ich bleibe hier", wiederholte Charlotte, „die Alpen möchte ich aber gern einmal sehen. Goethe reizt der Süden, vielleicht geht er einmal hin. In seinem Elternhaus hingen viele Prospekte von Italien an den Wänden. Ich kann das verstehen."

„Hoffentlich erschöpft er das Potential, dass er aus Frankfurt mitgebracht hat, nicht hier", sagte Knebel.

„Er ist so reich, er ist ein Milliardenmensch", erwiderte Charlotte.

„Der Musenhof hat auch etwas Einengendes."

„Ich halte ihn *wie ein Korkwams über Wasser*", erwiderte Charlotte.

„Meine Schwester hält mich auch wie ein Korkwams über Wasser", sagte Knebel. „Gefällt dir ihr Schattenriss?"

„Ich habe noch keinen. Du könntest mir damit eine Freude machen."

„Mein Herz ist an das ihre noch fester gebunden als Goethes an deines. Immer muss sie etwas von mir wissen, immer etwas von mir haben."

„Ich teile mit Goethe auch", erwiderte Charlotte.

Uns gebietet in vielen Stücken die Notwendigkeit, und ich fange an einzusehen, dass man diese Göttin respektieren muss. Wir sollten nie feste Wünsche des Herzens machen. Das Schicksal hat seine eigene Art zu erfüllen.

„Ich will keinen verrückten Zustand meiner Seele", antwortete Charlotte.

„Lange kann ich dich nicht aushalten, sonst werde ich ein anderer", sagte Knebel.

„Vielleicht wenn es mit Goethe vorbei ist", sagte Charlotte. Sie gingen ins Lesekabinett und begannen, den englischen Text von Shakespeares Macbeth zu lesen und zu übersetzen. Knebel erklärte Charlotte nur die Bindewörter, den Rest ließ er sie selbst erraten. Charlotte übersetzte ganz gut und auch flüssig. Nur bei einer schwierigen Passage, wo es um das Treffen der Hexen ging, stockte sie ein wenig und fand nicht die richtigen deutschen Worte. Sie lasen und übersetzten bis zum Mittagessen. Das Essen war deftig und opulent, wie man es auf einem bäuerlichen Gut erwarten konnte. Knebel konnte sich Charlotte als Landwirtin wirklich nicht vorstellen. Aber allein der Rahm von ihren eigenen Kühen hatte es ihm bewiesen.

Nach dem Frühstück dann der Abschied! – Als er auf seinem Pferd über die Zugbrücke ritt und sie hinter ihm,

vom Turm winkend, noch einmal erschienen war, verge-
wisserte er sich ihrer noch einmal. – Ihr Bild, wie von
Imhoff auf einer Miniatur gemalt. Einen Reif im braunen Haar, die Augenbrauen gezupft, die braunen Locken
(ohne Rose). Imhoff hatte ihr Gesicht gemalt wie das
einer kleinen Maus. Von der Seite. Imhoff hatte sie ver-
jüngen wollen. Es war ihm auch gelungen, aber ihre skep-
tisch-selbstbewussten Züge hatte am besten Goethe mit
seiner Kohlezeichnung getroffen. Knebel wusste, dass
er auf irgendeine Weise, vielleicht noch zwanzig Jahre
mit ihr verbunden sein würde. – Trotz Goethe! – Wenn
die Sache mit Goethe dann nicht längst zu Ende war.
Charlotte zog Männer an, alte und junge. – Sie hatte in
der letzten Nacht geträumt, sie lebte mit Goethe in zwei
Zimmern. Sie waren dunkel und ganz nach Goethes
Geschmack eingerichtet. Lauter kleine ziselierte Möbel,
kastig und mit Messing beschlagen, gedrechselte Aufsätze
auf den Kommoden. Sie erschrak im Traum, so hatte sie
es sich nicht vorgestellt. Und sie sagte vor sich hin: „Diese
Wohnung ist ein dunkles, geschmackloses Stück!" – Ich
bin doch nicht von ihm weggekommen, jammerte sie im
Traum. Aber als sie aufgewacht war und den Traum dann
bruchstückhaft aufgeschrieben hatte, war sie davon überzeugt, dass dieser Traum, aber auch Goethe, sie aus ihrer
alten Mutter-Tochter-Falle befreit hatte. Sie hatte eine
Zeit der Unpässlichkeit gebraucht, um sich mit diesem
Gedanken vertraut zu machen. Die Festlichkeiten, Bälle,
Redouten und Komödien hatten sie auf nichts anderes
vorbereitet als auf die nächste Redoute. Ihre Mutter hatte
sich schon mit vierzig aus der Welt zurückgezogen.

Goethe, dem das Bewusstsein seines Könnens in
Literatur, Musik und Tanz (neuerdings auch Reiten)

eingebrannt war, tanzte schön und jung. Goethe war der Typ, der auf ältere Frauen verführerischer wirkte als auf junge. Sie würde sich Mühe geben, das eigentlich Unvereinbare miteinander zu vereinen. Einer, der über ihn geschrieben hatte, glaubte, in ihm *schwer qualifizierbare Hemmnisse der Seele* gefunden zu haben. Das war Unsinn. Er hatte alle seine Briefentwürfe aus Frankfurt mitgebracht und sie ihr teilweise zu lesen gegeben.

Goethe war der anpassungsfähigste Mensch, auch der jüngste, der sie je geliebt hatte. Ihr war klar, dass sie ihn für sich wollte. Für immer! Sie hatte nur Angst, ihn zu langweilen. Seine Gegenwart gab ihr Kraft. Natürlich durfte eine Frau in ihrem Alter Liebhaber haben, vor allem, wenn die Kinder da waren. Nur dafür war eine Adelsehe vorgesehen. Wenn sich die Eheleute verstanden, war Zuneigung eine Zugabe. Die Frauen um sie herum, fast allesamt verheiratet, verließen den Kreis um ihre Eroberungen ungern. Sie selbst fand sich immer noch schön und hatte sich auch ihre Figur bewahrt. Sie hatte manipulative Fähigkeiten, wie die hässlichen Frauen. Ignorieren konnte man sie nicht. Die meisten Ehefrauen in Weimar hatten wegen der Adelsklasse oder des Geldes, zuletzt nur wegen des Vergnügens, geheiratet.

Zimmermann hatte ihr ja in Pyrmont erklärt, dass eine verheiratete Frau mehr Möglichkeiten hatte als eine Jungfer. Sie war durch Zimmermann ein bisschen schlauer geworden. Ob sie keine erwachsene Frau sei, hatte er sie gefragt. Sie antwortete, sie habe mit sechzehn schon mehr gewusst als heute. Sie habe auch genau gefühlt, was für eine Frau aus ihr werden würde. Die Welt der materiellen Dinge hatte sie erst durch Stein und durch Kochberg kennengelernt. Ihre Mutter hatte immer geglaubt, dass die Vergnügungen der jungen Hofdamen unschuldig wären. Die Jugend hatte ein ganz eigenes Recht, jenseits aller Moral. Auch ohne Verpflichtungen! – Sie hatte früh begonnen, zu denken. Sie hatte immer viel Selbstvertrauen gehabt, und der Rückblick auf ihr bisheriges Leben zeigte, dass sie es zu Recht gehabt hatte. In die Vermögensangelegenheiten Steins hatte sie auch einen Blick werfen können. Er kaufte Pferde, Land und spekulierte. Dass er gut tanzte, hatte ihr imponiert. Viel erzählt hatten sie sich nicht, denn Stein war die meiste Zeit des Jahres mit dem Herzog auf Reisen. Die romantische Liebe, die früh der Vergangenheit angehört hatte, war jetzt mit Goethe zu ihr zurückgekommen. Aber sie musste kalt wirken, um ihn am Seil zu halten, jetzt, wo sie materielle Sicherheit hatte. Stein war reicher als sie gedacht hatte. Sie hatte nie rebelliert, jetzt vielleicht ein bisschen. Im Grunde würde sie mit Goethe genauso leicht fertigwerden wie mit Stein. In Abhängigkeit würde sie sich weder von Stein noch von Goethe begeben. Wenn Goethe auf leichte Eroberung ausgegangen war, so war sie es, die eine leichte Eroberung gemacht hatte. Sie würde sich nie in eine lieblose, mittelalte Frau verwandeln. Sie hatte nicht mehr vor, sich in den Tanzpausen zu den anderen Frauen in der Redoute zu setzen und sich über die Leiden und das *geduckte Wesen* der Frauen zu unterhalten. Man erfuhr dort, dass man in der Ehe zu bleiben hatte, auch wenn einem der Mann gleichgültig war.

Charlotte hatte in den Gesprächen vernommen, dass die Ehe im Grunde eine getarnte Fortsetzung des vorehelichen Daseins war. Wenn sie sich scheiden ließe (vielleicht sogar wegen Goethe), wäre das Selbstzerstörung. Dieser Makel würde ihr ein ganzes Leben lang anhaften. War sie in die Ehe gegangen, indem sie Stein etwas vorspiegelte? Sie nahm den Werther, der immer auf ihrem Tisch lag, und las: *Und, mein Guter, wenn Anstrengung Stärke ist, warum soll die Überspannung das Gegenteil sein?* – Das durfte ihr nicht passieren. Sie musste gleichmütig bleiben. Goethe hatte das Buch mit dreiundzwanzig Jahren geschrieben. Es gab nichts Besseres. Und der Erfolg hatte Goethe nicht hochmütig gemacht. Ihr Stoizismus kam auch Goethe zugute, und demnächst würden sie abends gemeinsam den Spinoza lesen. Außerdem war es unmoralisch, einen Mann wie Stein nach zehn Jahren wieder abzuschieben. Aber vielleicht war Goethe ihrer ebenso unwürdig wie Stein.

Sie hoffte, dass sich in Weimar nicht alles herumsprach. Etwas würde sich herumsprechen, Knebel hatte Weimar einmal eine „Seelenessigfabrik" genannt, *wie er sie aus allem täglich stechender empfinde.* Das Schlimmste sei, *dass der Fehler so gut von unten als von oben hereinkommt.* – Natürlich musste man mit dieser Stadt fertigwerden und mit diesem unerfahrenen Herzog, von dessen Wohlwollen die gesamte eigene Existenz abhing. Noch machten sich Zeit und Alter nicht bemerkbar, und der Herzog mochte sie auch, besuchte sie oft in Kochberg und hatte sie auch ein paar Mal als Tanzpartnerin gewählt. Knebel hatte gesagt, der Herzog betrachte sein Land als *Pachtgut.* Aber Knebel war im Grunde auch einer, der herumlungerte, nach einer Chance oder nach einer Frau (nicht unbedingt so einer wie sie) suchte. Sie war sachlich und unprätentiös, und dabei ließ Knebel es sich gut gehen. Er hatte Verstand und hatte den ganzen Properz ins Deutsche übersetzt. Aber er war auch keiner von den gewöhnlichen Hausvögeln. Er wusste, dass sie ein behütetes junges Mädchen gewesen war, dann eine kluge Frau, die aber immer noch etwas von dem behüteten jungen Mädchen hatte, weil sie so klug war. Charlotte hatte gelernt, dass es sowohl in Weimar als auch in Kochberg Verschwiegenheit geben musste. Sie misstraute fast jedem, den sie nicht schon ein paar Jahre kannte, außer Goethe. Sie verbarg das gern hinter ausdruckslosen Gesichtszügen. Damit konnten die Männer nichts anfangen. – Knebel hatte am Vorabend versucht, sie mit Sophismen zu berühren. Er sei für die Ehe nicht gemacht, und eine Frau brauche auch nicht gleich jeden Mann zu heiraten, der ein Gut und etwas Geld habe.

„Ich mag Goethe", hatte sie erwidert, „aber ich mag Stein auch. Mein Leben ist nicht nur von Stein, sondern auch davon abhängig, dass ich auf Kochberg etwas erwirtschafte. Ich habe kürzlich von einer jungen Frau ein paar Kühe gekauft und mehr als das Doppelte daran verdient. Mein Entschluss, hierzubleiben steht fest. Soll ich auf den Märchenprinzen warten? Den gibt es nicht. Im Leben ist nichts einfach. Und nie wieder ein verheirateter Mann!"

Sie versank in ihren Erinnerungen, schaute aus dem Fenster und sah, dass es schon wieder regnete wie letzte Nacht. Kochberg war einsam. Aber sie liebte diese Einsamkeit, weil sie hier ihren Stoizismus pflegen konnte. Die Männer wussten nicht, mit wem sie es bei ihr zu tun bekommen hatten. Sie hatte es in Weimar natürlich auch mit dummen und müßigen Männern zu tun bekommen. Die große Liebe war das, was sie jetzt im Alter von dreiunddreißig Jahren erlebte. Man hatte von ihr erwartet, dass sie sich im Laufe ihres Lebens nicht veränderte.

– Das hatten sie davon! Sie würde ihre Rolle zu Ende spielen. Sie wusste, dass sie alt werden würde.

Sie stand auf und ging zum Spiegel. Sie konnte ihren Gesichtsausdruck von einer Sekunde auf die andere ändern. Wer sie kannte, erkannte es am Spiel ihrer Augenbrauen. Sie hatte alle, die glaubten, sie zu kennen, weit hinter sich gelassen. – Im Grunde hatte sie fast alles durch die Kraft ihres Willens erreicht. – Aber sie wusste auch, dass ihr Mann über sie und Goethe lächelte (oder manchmal lachte) und über ihr Verhältnis seinen *clownischen Witz* spielen ließ. Stein hatte kein Interesse an einem Skandal. Fast alle machten es so, und er selbst wahrscheinlich nicht anders. Goethe schrieb ihr seit vielen Monaten Briefe. Aber sie wusste, dass diese Briefe nur Glücksmomente waren und bewahrte sie trotzdem sorgfältig auf.

Goethe hat uns im Werther gezeigt, dass die versprachlichte Welt nicht die Welt ist, dachte sie. *Das könnte man,* würde er mit einem kalten Lachen sagen, *drucken lassen und allen Hofmeistern empfehlen.* – Das war Goethe, der trotz aller Intimität von ihr nicht Wolf (so nannte ihn seine Mutter) oder Wolfgang genannt wurde, sondern Goethe. Sie hatte damals auch schon mit Dürkheim darüber gesprochen, dass sie mehr spürte als andere. Es war ihr selbst unheimlich, denn eigentlich dachte sie nüchtern und klar. Dürkheim hatte ihr erklärt, dass in besonderen Fällen Denken und Spüren zusammentrafen. – Wie bei ihr. Er nannte das Synästhesie. Goethe arbeitete auch damit, und manchmal kreuzten sich ihre Synästhesien, dann entstand Streit! Von ihr aus gesehen beim kleinsten Anlass. – „Erkenntnis durch Denken ist keine Erkenntnis, nicht einmal Wissenserweiterung", hatte Goethe gesagt. Lavater hatte ihr von einem kleinen Jungen erzählt, der eine Weckuhr auseinandergenommen hatte, um nachzusehen, wo sich die Zeit verbarg.

Plötzlich schlug der Hofhund an, die Glocke bimmelte, und Dürkheim stand, wie aus dem Boden gewachsen, vor ihrer Pforte. Er sagte, er sei von Weimar aus zu Fuß gekommen, es habe vier Stunden gedauert. Diese Zeit glaubte sie ihm nicht.

In den unteren Räumen war es schön und gastlich. Schach hatte ihnen einen starken Kaffee gebraut, denn Dürkheim trank auch Kaffee, und sie versuchte mit ihrem Freund zu Ende zu denken, was sie soeben alleine vorgedacht hatte. – Die Zeit musste man ja auch räumlich verstehen, sagte Dürkheim, so wie man das Spüren nur mit dem Denken belegen könne. Dürkheim hatte eine Mätresse in Weimar und war zu ihr gekommen, bevor er die Frau traf.

„Du wirst mir zugeben", sagte Dürkheim, „dass man den Anderen nur durch den Blick erreicht. Der Blick ist spürbar. Die Augachsen parallel in die Unendlichkeit richten und die Stirn in senkrechte Falten legen. Dadurch erhält der Blick etwas Fremdartiges, Traumverlorenes, zugleich aber etwas Strenges und unter Umständen Einschüchterndes."

„Du musst mir doch zugestehen", sagte Charlotte, „dass ich vom Zurückblicken des Anderen selbst mesmerisiert werde."

„Der Vorteil im Gespräch schwimmt sowieso hin und her, so wie sich Partner einen Ball zuwerfen, im gemeinsamen Antrieb von Angst und Wollust. Der andere sucht den Blickkontakt, um spürbar bei dir anzukommen."

„Es mag auch Einleibung geben", sagte Charlotte, „selbst beim Fechten, in den Kampfkünsten und so. Beim Reiten habe ich dieses Gefühl.

Wenn ich sechs Hengste zahlen kann, sind ihre Kräfte nicht meine? zitierte sie ihren Goethe.

„Genau das ist es, was ich sagen wollte. Wenn ein Soldatenbataillon in Rechtecke, Kreise, Sterne oder zum Angriff ausfällt, ist es nicht nur die Einpeitschung, sondern auch die solidarische Einleibung mit verteilten Rollen."

„Das ist mir alles viel zu viel Metaphisick", sagte Charlotte, „ich bin, was ich esse und sehe, was ich sehe. Dass die Natur ein Unding ist, das wir nur in unserem Auge abspiegeln, glaube ich nicht. Goethe selbst hat die Metaphisick getäuscht. Er ist einfach zu intelligent." Aber er war in der kurzen Zeit in Weimar auch zynisch geworden. So wie Lotte Buff in Wetzlar zwischen Werther und Albert geschwankt hatte, schwankte jetzt sie, Charlotte, zwischen Goethe und Stein. Was hieß schwanken? – Sie hatte sich längst für den unkonventionellen Weg entschieden. Sonst hätte sie nicht alle seine weichen Seiten beschützt und er nicht seine Schwächen an sie angelehnt. Er würde keiner anderen mehr länger angehören, das wusste sie. Höchstens auf den niederen Ebenen der Tiernatur. Aber das würde sie nicht mehr stören. Denn dann wäre sie alt. Jetzt aber musste sie aufpassen, denn ihr kleiner Sohn Fritz machte schon spitze Bemerkungen über die häufigen Besuche von Goethe und Knebel. *Die schöne bleibende Liebe [war] für jedes Alter geschaffen. – Man muss leiden und schweigen*, würde sie nach fast vierzig Jahren an ihren Sohn Fritz schreiben. Er war *die einzige Poesie meines Lebens!* Aber ihre Söhne mochten *nur ihre*

Fassons nicht, vermöge welcher sie, mit dem besten Willen vielleicht, die unangenehmsten Sachen sagte. Natürlich saß Stein am Pharo-Tisch, Goethe auch, der Herzog auch. Als der Herzog einmal ein paar Karten ausspekuliert und gewonnen hatte, schrie eine ganze Menge Stimmen: *Nein, mein gnädigster Herr. Herr! Das war ganz superbe! Superbe, superbe gespielt! Was Eure Durchlaucht für Ressourcen haben! Das ist* unique! *So müssen nur große Herren spielen können!*

Dürkheim ritt auf einem ihrer Pferde zurück nach Weimar.

Sie wusste, wie sich Schmeichelei bei Hof gebärdete, und Carl August war anfällig dafür. Es ging ihm wie den Damen beim Kaffee. Sie tranken ihn zur Probe und dann aus Gewohnheit.

Sie hatte angefangen, sich zusammenzunehmen und etwas an den Tag zu legen, was Goethe *dein süßes Betragen* genannt hatte. Dieses Betragen hatte ihn noch stärker an sie gebunden, und Goethe fühlte sich wie ein Vogel im Käfig. Trotz allem hatte er sich die wichtigsten Ämter im Herzogtum Weimar erkämpft: Geheimer Conseil, Wegebau, Kriegskommission. – Aber welcher Teufel hatte ihn in diese Galeere getrieben? Oft erwachte in ihm die Lust zum Fortgehen, und er besorgte sich von Charlotte Karten von Italien. Weimar war arm und klein. Das eigentliche Deutschland war der Nordwesten, die Mitte und der Südwesten. Gott sei Dank gab es Knebel, der jetzt in Jena lebte. Der war es, der ihn so oft nach Jena zog. Knebel hatte einen guten Draht zu Preußen (er war einmal Preußischer Offizier gewesen) und vermittelte wohl viel zwischen Preußen und dem Herzog. Goethe hasste Hunde; wie mochte er da mit den vielen Hunden des Herzogs zurechtkommen?

Obwohl sie sich Goethes sicher war, hatte sie doch an den Abenden, wenn er von ihr fortging, das Gefühl, ihn verloren zu haben. Seit er wusste, dass Charlotte und Caroline Herder ihre Träume austauschten, schickte er ihr auch ein paar Träume, die er aufgeschrieben hatte. Goethe wusste, dass hinter ihrer Person und auch hinter Stein die gesamte Adelsclique Weimars stand. Er würde sich hüten, diese Leute zu provozieren und dachte überhaupt unglaublich weit und schnell. Aber Goethe war kein Tatmensch, er war ein Erkenntnismensch, wie sie selbst. Beide wollten die Natur, die Welt, den Kosmos verstehen. Natürlich auch den Menschen. Deswegen lasen sie Spallanzani, arbeiteten mit dem Mikroskop, ließen sich von Herder die Entstehung der Menschenart erklären, versuchten über die Steine (es war Mode damals) den Sprung vom Anorganischen zum Organischen zu verstehen. Natürlich lasen sie auch alchemistische Bücher. Goethe hatte sich schon ganz früh, als junger Mensch, mit der Alchemie beschäftigt. Sie wollten beide verstehen, was in ihrer näheren Umgebung vorging und beteiligten sich deshalb auch an ein paar Intrigen und Rancünen bei Hof. Nur manchmal, wenn Goethe ihr etwas anvertraute, setzte sie es bei Hof um. Trotz aller Freundschaft aber hatte er im Geheimen Conseil nichts für eine Gehaltserhöhung ihres Bruders getan. Zwischen dem Freund und dem Mitglied des Conseils war ein Abgrund. Sie wurden sich eine Zeitlang körperlich und seelisch ähnlich. Wie hätte Stein eine solche Beziehung überleben sollen?

Goethe unternahm Reisen, ohne ihr zu sagen, wohin es ging. Sie saß dann zu Hause wie Iphigenie auf dem Felsen und wartete. Er ließ sie, seine rechte Hand, nicht wissen, was seine linke tat. Eigentlich hatte sich Goethe wie ein Kuckuck ins Nest gesetzt, und sie traute ihm zu, dass er in einigen Jahren alles hier in großer Verwirrung zurücklassen würde. Vielleicht sollte sie doch eine Adelheid von Walldorf werden.

Sollte alles, was er hier gesagt und geschrieben hatte, gelogen sein, dann waren es die besten Lügen, die es je gegeben hatte. Eigentlich war sie das Misstrauen in Person. Wer aber hätte diesen Liebesüberfällen widerstehen können? Er hatte einmal zu ihr gesagt: „Wenn der Andere zu stark ist, gibt es nur ein Gegenmittel: die Liebe!" Hatte Goethe kein Selbstgefühl oder nichts, was ihn verriet? Manchmal gab es Ärger und Verhärtung, aber nach ein paar Wochen hatten sie sich immer wieder zusammengerauft. Gott sei Dank hatte sie Kochberg, und da konnte niemand an ihre Seele. Sie wusste, dass sie sich ihm *„angehörig"* gemacht hatte. Sie war sich aber auch sicher, dass es eine endgültige Trennung nie geben würde. Vielleicht war ihre leidenschaftslose Disposition bei ihrem sieben Jahre jüngeren Freund nicht angekommen. – War an der Liebe einer älteren Frau überhaupt etwas Begehrenswertes? Die Opfer, die er jetzt brachte, würde er sicher irgendwann einmal zurücknehmen. – Wann hatte Steins Krankheit angefangen? – Ein Jahr, nachdem sie Goethe kennengelernt hatte.

Es war ein Seiltanz und Vabanque-Spiel zwischen ihr, Goethe, Herzogin Louise, dem Hof, Carl August und all den anderen gewesen. Zu Carl August zog einen die Macht des Adels. Über seine Frau, die Herzogin Louise,

hatte Henriette von Knebel einmal gesagt: *Sie hat unaus-
löschliche pedantische Prinzips über das Verhältnis des Fürsten zum Volk.* – Wenn man diesen Satz mit Verstand las,
würde man ihr, Charlotte, niemals Adelsstolz unterstel-
len dürfen. Auch ihre Frömmigkeit hatte sich gemindert.
Das gewisse Plätzchen hier unten war ihr lieber als das,
worauf die Religion einen vertröstete. – Und Stein? – Es
ging das Gerücht herum, dass er für Carl August auf der
Kavalierstour nach Paris die hübschesten Liaisons ver-
abredet habe. Er selbst sei auch nicht kleinlich gewesen.
Eigentlich wusste sie nicht, was Stein auf seinen vielen
Auslandsreisen tat. Im Grunde war sie schon wie Goethes Schwester, von der Goethe gesagt hatte: *Ohne Glaube,
Liebe, Hoffnung.* Aber das hatte ihr auch nicht geholfen.
In Weimar starben zu viele junge Leute, die sich irgendwo eingemischt hatten. Stein war ein Clown. Sie war
zehn Jahre lang ohne Liebe mit ihm zusammen gewe-
sen, der Kinder wegen. – Sie dachte noch einmal über
Goethe nach, der gerade dabei war, sich vollkommen von
Gott abzuwenden. Der Hof hatte auch einen guten Teil
daran. Goethe, dessen Werther ohne den metaphysischen
Pietismus, der nach seiner Leipziger Zeit in Frankfurt so
stark auf ihn eingestrahlt hatte, gar nicht zu begreifen,
geschweige denn zu verstehen war. Es hatte in seinem
Elternhaus immer ein (damals etwas freieres) *Exercitium
Religionis gegeben. Oft Versammlungen unter einem ansehn-
lichen Praetexte, alles in floribus, ordentlich eingerichtet.
Wein und Würste und Milchbrodt auf einem Seitentisch.* Die
Frauenzimmer spielten am Flügel Melodien, die übrigen
sangen. Goethe hatte es damals nicht ausgehalten, war
aufgesprungen und hatte die Kerzen auf dem Kronleuch-
ter angezündet. *Da wurds hübsch helle.* – Mein Gott, wenn

etwas einen jungen Menschen prägen konnte, dann war es so etwas wie dies. Er wäre damals beinahe an der Lungensucht gestorben. Mit zwanzig. Eigentlich war sein Leben schon durch das erste Jahr in Weimar missgestaltet worden.

Zehn

Am meisten hatte sie im Werther das Gespräch vom 1. Julius angesprochen. Werther war mit Lotte zum Pfarrhof gewandert. Er unterhielt sich mit dem Pfarrer, der ihm aus seinem Leben erzählte. Mitten in das Gespräch platzte die Pfarrerstochter Friederike, *eine rasche wohlgewachsene Brünette, die einen die kurze Zeit über auf dem Lande wohl unterhalten hätte.* Diesen Satz hatte sie schon damals als snobistisch empfunden.

Zwischen Friederike, deren Freund, dem Pfarrer, Werther und Lotte entspann sich ein Gespräch darüber, dass die Menschen *einander die paar guten Tage mit Fratzen verderben, und nur erst spät das Unersetzliche ihrer Verschwendung einsehen.* – Das Gespräch wurde abgebrochen, aber Werther zog es am Abend wieder zurück in den Pfarrhof, um das Gespräch fortzusetzen. Die Pfarrerin war auch hinzugekommen. *Wenn wir immer ein offenes Herz hätten, das Gute zu genießen, das uns Gott für jeden Tag bereitet, wir würden alsdann auch Kraft genug haben, das Übel zu tragen, wie es kommt. – Wieviel hängt vom Körper ab!* sagte die Pfarrerin. – *Es ist mit der üblen Laune völlig wie mit der Trägheit, denn es ist eine Art von Trägheit,* erwiderte Werther. Der Pfarrer hustete. Der *böse Humor war ein Laster.* – Sie, Charlotte, hatte sich das Gespräch am Tisch unter den Nussbäumen immer wieder vorgestellt und geglaubt, dass der *böse Humor* kein Laster sei. Ihr Mann zeigte ihr, dass er eins war.

Nennen Sie mir den Menschen, der übler Laune ist und so brav dabei, sie zu verbergen, sie allein zu tragen, ohne die

Freude um sich her zu zerstören, hatte Friederikes Freund, Herr Schmidt, Werther zugerufen. – Nun hielt Werther ein Plädoyer gegen die *neidische Unbehaglichkeit*, mit denen andere uns *einen Augenblick Vergnügens an uns selbst vergellen*. Das Plädoyer war überwältigend. Sie konnte es noch heute auswendig. Werther hatte den Brief mit den Worten: *O der Engel! Um deinetwillen muss ich leben!* beendet. Sie war noch nie in Wetzlar, dem Ort der Handlung, gewesen, aber Wetzlar musste schön sein, besonders das Amtshaus, in dem Lottes Vater residiert hatte. Wenn sie einmal zur Kur nach Wiesbaden führe, würde sie auf jeden Fall in Wetzlar Halt machen, um sich den Glücksort ihres jungen Geliebten anzusehen.

Als sie zum ersten Mal bei Goethe im Gartenhaus gewesen war, hatte sie seine Homer-Ausgabe mitgenommen. Einfach um etwas zu haben, mit dem sie seine Persönlichkeit verzaubern konnte. Das war besser, als böse Gedanken zu hegen. Sie wusste damals, dass es einige Zeit dauern würde mit ihm, dass er aber nicht bis zum Lebensende bei ihr bleiben würde. Sie wusste viel über das Symbolhandeln. Sie wusste aber auch, dass Goethe nach kurzer Zeit alle Symbole durchschauen würde. Vielleicht hatte es dann aber schon gewirkt. – Mein Gott, sie hatte sich ihn durch diesen eintägigen Besuch in Ilmenau doch wieder zurückgeholt. So leicht würde er nicht von ihr wegkommen. Sie war Charlotte von Stein, geborene von Schardt. – Klar, hatte sie mit allen Mitteln gearbeitet, auch mit Lenz. Manchmal dachte sie, sie hätte ihr Drama Ryno in Weimar nicht zirkulieren lassen sollen. Allen musste jetzt klar sein, dass sie Goethe für sich wollte. Vielleicht hatte sie den Ryno gar nicht geschrieben. Gab es Beweise? Die brauchte es nicht, für das Unbewusste war die Ahnung der beste Beweis.

Ahndung und Gegenwart hatte es Goethe einmal genannt. Sie wusste nicht, ob der Begriff wirklich von ihm stammte. – Die Sprache bildete Wirklichkeiten sowieso nur unvollkommen ab, vielleicht gar nicht. Jedenfalls war die Beziehung zwischen Zeichen und Bezeichnetem willkürlich und manchmal auch zwielichtig. Der Sachverhalt wurde erst durch Formulierung zu einem Sachverhalt. Die Zeichen waren in der Welt nur ein Behelf.

Sie formulierte eng und klar, aber von Philosophie wusste sie kaum etwas. Zwischen Sprache und Sein klaffte ein Riss, so dass sie sich die Beine ausriss, wenn Goethe ihr das zu erklären suchte. Sprache und Sein nannten einige Leute wie Herder Denken und Sein, das war noch schlimmer. Selbst Werther war der Meinung gewesen, dass alles, was er fühlte, sich durch Sprache, wenn auch nur als Annäherung, ausdrücken ließe. Ausdrücken? – Auch Werthers Gesprächspartner, Herr Schmidt und Friederike, hatten sich in ihrem ganzen Leben darüber sicher noch keine Gedanken gemacht. Wäre man dem Pfarrer, Friederikes Vater, damit gekommen, hätte man wohl seinen Glauben angegriffen. – Ihre Gedanken ruhten nicht auf Mutmaßungen, sondern auf einem gehörigen Teil Beobachtung und Formulierungsschärfe. Formulierungsschärfe: Das war, wenn man die Wörter ein bisschen in die Abstraktion trieb, aber nur ein bisschen. In ihren Gesprächen hatte sie herausbekommen, dass Goethe sich rühmte, solche Gedanken nie gehabt zu haben. – *Mein Kind, ich habe es klug gemacht, ich habe nie über die Sprache gedacht!* Gut hatte ihr im Werther der Gemütskranke gefallen. Er erinnerte sie an ihren Mann.

Die Krankheit Steins war plötzlich gekommen und hatte sich zunächst auf seinen Gleichgewichtssinn beschränkt. Sie merkte schon seit langem, wie einige Frauen in Weimar, die sie nicht mochte, sie seltsam anschauten. Man wusste vom Hof Friedrichs des Großen, was einem Mitglied des Hofes passierte, wenn er sich absetzte oder nicht mehr dazu gehörte. – Für sie, Charlotte, würde es immer einen Ausweg geben. Sie würde im Alter eine Brille und ein Hörrohr brauchen, und sich mit einem gespitzten Gänsekiel an ihren Tisch setzen. Vor ihr auf dem Boden würde ihr Hündchen Lulu liegen, in eine weiße Decke gegen die Kälte gehüllt. Goethe mochte keine Pudel; er mochte überhaupt keine Hunde. Er fand sie feiger und kriecherischer als Menschen. Als Knabe hatten er und seine Schwester drei Hunde gehabt. Seekatz hatte sie auf einem Gemälde alle zusammen dargestellt. Das Bild hing in seinem Frankfurter Elternhaus, Goethe hatte ihr davon erzählt; von seiner Schwester Cornelia, dem hochbegabten, merkwürdigen Wesen, das er in seinem neuen Roman abbilden wollte.

Charlotte stellte sich das frischgebackene Paar im Pfarrhof vor, Herrn Schmidt und Friederike. Er, mit dunklem Teint und einer Neigung zu Apoplexie vielleicht auch ein wenig zur Zornaufwallung, Friederike, deren Beschreibung zeigte, dass Goethe nicht genug Achtung vor dem weiblichen Geschlecht besaß: *Eine rasche wohlgewachsene Brünette.* Der Pfarrhof mit dem alten Mauerwerk, Goethe hatte den Hof sogar einmal gezeichnet. Die Unterhaltung zwischen Lotte, den Brauteltern, und dem jungen Mann, der sicher einmal in die Fußstapfen seines Schwiegervaters treten würde, stand im Werther. Als der Werther erschien, war die kleine Stadt Wetzlar zum

101

geistigen Brennpunkt Europas geworden. Dass die jungen Männer die Werther-Tracht (blauer Frack und gelbe Beinkleider) nachahmten, störte sie nicht. ER war ja das Urbild des Werther gewesen, und der Werther hatte ihn nach Weimar gebracht. Innerste Führung. Ein Mann, der weder Akten- noch Verwaltungserfahrung hatte? – Was ihn nach vorn gebracht hatte, war die Tatsache, dass er liebenswert war, dazu intelligent und sprachgewandt. – *Zwar weiß ich so gut als einer, wie nötig der Unterschied der Stände ist [...], nur soll er mir nicht eben gerade im Wege stehen,* hatte Werther im Brief vom 24. Dezember 1771, dem Weihnachtsabend, geschrieben.

Nach dem Tod des Pfarrers hatte die Frau des Nachfolgers, *ein hageres kränkliches Geschöpf,* die Nussbäume im Innenhof, die schon seinem Großvater gehört hatten, abholzen lassen. Die Bäume nähmen ihr das Licht. *Das ganze Dorf murrt, und ich hoffe, die Frau Pfarrerin soll es an Butter und Eiern und übrigem Zutrauen spüren.* Goethe hatte mit diesem jungen Mann, den er Werther genannt hatte, Figuren geschaffen, die ihr (und wahrscheinlich noch Generationen nach ihr) näherstanden als ein Verwandter.

Dieser Brief vom 15. September endete mit den Worten: *O wenn ich Fürst wäre! Ich wollte die Pfarrerin, den Schulzen und die Kammer – Fürst! – Ja, wenn ich Fürst wäre, was kümmerten mich die Bäume in meinem Lande!*

Goethe musste mit Fürsten schon etwas Erfahrung gesammelt haben. Aber Weimer war ein Herzogtum, in dem sich der junge Fürst um alles kümmerte. Dennoch hatte die kurze Zeit, in der Goethe hier war, gereicht, um ihn zu einem politischen Menschen zu machen. Er fasste schnell auf, brillierte in Gesprächen. Man brauche nicht einmal den Werther zu lesen, sondern nur die paar Jugendbriefe, die er ihr aus Frankfurt mitgebracht hatte, und die sie sich abgeschrieben hatte.

Erst nach einigen Jahre Ehe hatte sie sich darauf besonnen, dass sie auch metaphysische Bedürfnisse hatte. Und die sollte Stein, der Körpermensch, der Carl August in Paris Liebedienerinnen zugeführt hatte, erfüllen? Sie hatte sich in den paar Büchern, die Goethe aus Frankfurt mitgebracht hatte, umgesehen. Metaphysik, das war Stoik, Scholastik und Leibniz. Wolff hatte daraus eine vernünftige Lehre gemacht, die sie verstand. Aber Swedenborg, der eine geheimnisvolle, reale Welt hinter der unsrigen entdeckt haben wollte? – Die Geister in Swedenborgs Büchern lebten wie die Menschen hier und klopften ab und zu mal im Diesseits an. In Königsberg saß ein Philosoph, der ruhmreiche Gedanken über den Sternenhimmel, den Kosmos (wie er sich im Menschen abspiegelte) veröffentlicht hatte. Sein Name war Immanuel Kant. Goethe glaubte, dass man noch viel von ihm hören werde. Wolff hatte in allen seinen Büchern einige Gedanken der Alten vernünftig gemacht, so dass auch sie sie verstehen konnte. Es sollte darum gehen, Philosophie und Wissenschaft aus der Abhängigkeit von der Theologie zu befreien. Goethe hatte sie immer wieder darauf hingewiesen, dass das einzig Vernünftige im Kosmos die Natur sei. – Die Natur und nicht die Philosophie! Auch der Herzog war ein Anhänger Wolffs. Eine auf Zweck und Ratio gegründete Philosophie würde auch das Land des Herzogs reicher machen. So dachte Goethe. Aber sie wusste, dass Goethe alles, was er tat, vorher ausprobierte. Goethe beobachtete, blickte auf die unsichtbaren Signale, die zwischen Menschen hin und her gingen, und hatte es in diesen Einsichten fast zur Zauberei gebracht.

Damals war das „Charaktermachen" gesellschaftliches Spiel und Mode. Lavater hatte damit angefangen, indem er glaubte, aus der Silhouette eines Menschen die Essenz seiner Persönlichkeit herauslesen zu können. Sie wusste, dass das nicht möglich war. Und niemand in Weimar hatte sich getraut, jemals den Charakter von Goethe zu „machen". Goethe hatte seine Augen überall und seine Zuträger auch. Ohne seinen Zuträger Krafft, dessen wahrer Name nie bekannt geworden ist und der früh gestorben war, hätte er viele Missstände nicht aufdecken können. – Goethe dachte vielleicht am Ende, sie könne froh sein, einen solch jungen, kräftigen Metaphysiker eingefangen zu haben. Denn Metaphysik war nicht alles, das wussten sie beide. – Sie liebte alles, was durch Goethes Vorstellung gegangen war. Goethe konnte gar nicht langweilig sein, selbst wenn er es gewollt hätte. Er konnte auch nicht viel Erfahrung haben und unternahm nur ab und zu etwas, um sie auszunutzen. Sie hoffte nur, dass der Kopf ihres Mannes wieder in Ordnung kam. Aus einer sicheren, wenn auch nicht glücklichen Eheverbindung heraus konnte man besser agieren, denn als Jungfer oder Witwe. Wenn es eng wurde, half ihr ihr kühler Verstand weiter.

Die zwei Monate mit Lenz in Kochberg hatten ihr ja Goethe auch wieder zurückgebracht. Sie wusste: Wenn sie ihre Eigentümlichkeit ablegte, war Goethe weg. Abgesehen von ihren kleinen machiavellistischen Schachzügen wie dem mit Lenz, vielleicht auch mit Knebel, war sie (gegen die anderen Frauen in Weimar) ein Muster an Aufrichtigkeit. Natürlich war er nicht von

Adel, aber sein Werther und sein Auftreten ließen vergessen, dass er aus dem Bürgertum kam. Man hielt sie in Weimar für ein verständiges Weib. Aber die Leute wussten, was zwischen einer Adelsfrau und einem jungen Geliebten vorkam. Zum Teil log sie sich durch, und Indiskretion war auch nicht ihre Sache. Sie hatte jetzt zwei starke Verbindungen zum Herzogtum: Goethe und die Herzogin Louise. Die Herzogin hatten von Anfang an versucht, sie an sich heranzuziehen. Aber Goethe hatte ihr gezeigt, was ein kleines Stück Freiheit war. Stolpern würde sie nicht, denn ihr Verstand sagte ihr, was ihr synästhetisches Herz ihr zuflüsterte. Weder Alter, Gesundheit noch Geschlecht konnten eine zärtliche Freundschaft verhindern. Sie wusste aber auch, dass ihre Verse, die sie der Herzogin Louise schickte, manchmal etwas kitschig waren. Sie wusste, dass der Adel, also auch sie, mit Klassendünkel geboren war. Aber sie war nicht die Frau, die sich davon nicht hätte freimachen können.

Elf

Knebel und seine Schwester Henriette waren ziemlich frei von diesem Dünkel. Knebel war auch adelig. War der Adelsstand überhaupt zu verbessern? Das Menschengeschlecht? Ihr war, als schwände ihr Respekt sowohl vor dem Adelsstand als auch vor den schönen Geistern. Trotz alldem gab es in Goethes Wesen einen Punkt, der ihr nicht klar war. Sie und Goethe hatten wenige Wochen nach seiner Ankunft in Weimar bei Wielands Kind Gevatter gestanden. Dazu berief man nur zwei Menschen, die ein erhabenes Paar bildeten, verheiratet oder nicht. Die Gemeinsamkeit war oft nicht physischer, sondern ideeller Natur. Wenn Goethe auf eine der vielen jungen Frauen hereinfiel, die um ihn herumscharwenzelten, würde eine kleine Wunde bei ihr zu bluten beginnen. Trotz ihrer Zweifel und ihrer Ehe hatte sich Goethe loyal gezeigt. Es schien, als habe Stein ihn schon in ihre Ehe einbezogen. Sie wusste vom Hörensagen (Oder war es nur ein Gerücht?), dass Stein bei seinen Auslandsreisen auch nicht immer treu war. – Trotz all ihrer Zweifel war sie doch lieber hier in Weimar und Kochberg als in Dänemark, Lettland oder Livland, Länder, von denen Stein so schwärmte. Sie hatte immer noch genug Energie, um ein paar Leute in Weimar, die ihr alles Mögliche vorwarfen, zu überleben. Inzwischen wusste sie, was sie für Goethe empfand. Sie hatte Goethe einmal gefragt: „Willst du es wirklich?" Und er hatte geantwortet: „Ich weiß es nicht!" Vielleicht konnte man zwischen Liebe und Freundschaft gar nicht unterscheiden. Manchmal aber dachte sie, es sei nur die Wirkung seiner jungen Männlichkeit. Sie musste ihn noch genauer beobachten. Das Begehren mit Ständedünkel zu vermischen, war zynisch. Sie durfte nicht verbittert wirken. Was sie taten, war der Ritt auf dem Rasierpinsel. – Vielleicht würde sie demnächst in der Redoute ein kleines Konzert geben, denn Einsiedel hatte ihr das Gitarrenspielen beigebracht. Mit ihrer hellen Stimme würde sie ein paar französische Lieder singen, natürlich auch ein paar von Goethe. Vielleicht auch etwas aus der Fischerin oder Erwin und Elmire. Die Gesellschaft ließ sich von so etwas Leichtem leicht hinreißen. Aber mit Corona Schröter zu konkurrieren? Vielleicht ließ sie es doch besser bleiben. – Als sie sich einmal gestritten hatten, hatte Goethe mit starken Worten geschimpft. Sie konnten gar nicht mehr zusammenkommen, *ohne einander wehzutun.* – Der Dichter stand immer am Rand. Wenn der Dichter schrieb, erzeugte er Kohärenz. Die Kohärenz entstand aber erst im Kopf des Lesers, auch auf der metaphysischen Ebene. Gerade auf der! Und außerdem wusste sie: Sie würde eine endgültige Trennung von Goethe mindestens zehn Jahre hinauszögern, genauso lange wie die innere Trennung von Stein gedauert hatte. Goethe wusste nicht, dass seine Liebe einer zarten Frau galt, die aber doch länger leben würde als er. Goethe hatte damals das, was Lenz getan oder gesagt hatte, als *Eseley* bezeichnet. Natürlich gab es tausend Hin- und Querverbindungen, aber man durfte nicht darüber reden. Wer hätte das besser gewusst als sie.

Wenn sie in den Spiegel schaute, erblickte sie ihr blasses, verlorenes Gesicht, mit Augen, die ins Weite schauten, wie in sich versunken. Das war sie, Charlotte von Stein, geborene von Schardt. Sie dachte immer noch vernünftig.

107

Aber *wann hätten je die Menschen das Vernünftige begriffen!* – Es gab neben ihr so viele vernünftige, hilfsbereite
und auch handelnde Menschen. Aber die Verwirrung,
Unübersichtlichkeit und das Tohuwabohu in den kleinen
Fürstentümern und in ganz Deutschland war zu groß. –
Und außerdem: Spätere Generationen würden sich die
Liebhaberkultur des Adels nicht mehr vergegenwärtigen können. Auch nicht ihre! Deshalb war die Haupt-
antriebsfeder der Männer und Frauen die Eifersucht, die
zwischen allen Parteien hin und her ging. Die Rivalität
miteingeschlossen. – Sie glaubte nicht, dass Goethe ein
Typ war, der sich das Hirn zermarterte. – Sich entleiben?
– Wer war sie denn? Sie kam in die Welt, hatte ein paar
Männern geschadet und genützt und sollte sich wieder
zurückziehen? – Nein, sie würde sich gegen Goethe mit
Gewalt und Ausdauer stellen. – Neulich war er ohne sie
in der Komödie gewesen. *Was [waren] die Mannspersonen
für seltsame Geschöpfe. Veränderlich, ohne zu wissen, warum.*

An einem Abend hatte Corona Schröter die Pro-
serpina deklamiert. Als sie geendigt hatte, trat Goethe
von seinem Platz auf sie zu. *Es kamen (ihr) Tränen in die
Augen, aber sie waren vom scharfen Sehen. Auf einmal fiel
auf [sie] das Fieber mit seiner ganzen Stärke an.* Sie hätte
Gift aus seiner Hand getrunken. Sie ging zu ihnen hin
*und hatte Stärke genug [ihre] Nahheit … zu verbergen. [Die
Erinnerung überstandener Schmerzen [war auch] Vergnügen.]* – Dass sie ihn wiederhatte, war *eine Seligkeit, um die
man gern ein Fegefeuer aussteht.* – Sie hatte vor, das alles
aufzuschreiben, vielleicht würde es eine kleine Komödie?
*Fluch sei auf dem, der sich versorgt, ehe das Mädchen versorgt
ist, das er elend gemacht hat.* – Wenn nur die Jahre schneller vergingen, *denn stärker ist eine Leidenschaft, wenn sie*

ruhiger ist. Aber sie kannte das Leben und wusste, dass es nicht das erste Mal war, dass sie so etwas durchmachte. – Sie hatte überhaupt keine Lust mehr, sich mit Sophismen durchs Leben zu trösten. Liebe und Hass waren eng miteinander verwandt – und brachten Trübes ins Auge. Sie war auch schon so weit, dass sie sich nur noch mit Leuten einließ, die ihr etwas Philosophie oder was Gedankliches zu geben hatten. Aber außer Goethe waren die meisten immer weit weg gewesen. *Entfernung ist ein gewaltig niederschlagend Pulver.*

Sie dachte an die italienischen Prospekte, die in Goethes Elternhaus an den Wänden gehangen hatten und die Goethe tausendmal studiert hatte. Sie wollte selbst gern einmal dorthin, wenn sie Mittel und Gesundheit hätte. Sie war die Route nach Italien auf einer ihrer vielen Landkarten durchgegangen und hatte die Orte, durch die sie hindurchgekommen wäre, imaginiert. Sie hatte von Menschen, die dort gewesen waren, ein wenig darüber gehört. Torbole: Der See, auf beiden Seiten von Hügeln und Bergen eingefasst. – Verona: Das Amphitheater, das erste bedeutende Monument der alten Zeit. Sie hatte mit Goethe zusammen die Karten studiert und mit ihm zusammen auch einige Prospekte angesehen. Die Zypressen im Garten Giusti, der Taxus wie ein riesiger Pfeil nach oben spitz zugeschnitten. Das hohe Alter dieser Hecken – sie würde genauso alt werden. – Sie nahm ein paar Tröpfchen Opium (was Goethe schon lange tat) und imaginierte Venedig mit seinen nach oben gekrümmten, spitzendigen Gondeln. Das Labyrinth der Stadt, das sie mit Goethe zusammen auf einem Plan gesehen hatte. Das Gewimmel der Menschen, von dem man ihr erzählt hatte. Goethe hatte zu ihr gesagt: *Nirgends fühlt man sich einsamer als im Gewimmel.* Er wusste natürlich, dass sie hier in Kochberg so viel Einsamkeit und so lange, wie es ihr passte, haben konnte. Das Opium machte ihr Vorstellungen. Sie ergab sich in Betrachtungen. – In Rom würden Goethe vor allem die Ruinen anziehen. Er mochte das Altertum, wie Winckelmann. Goethe hatte ihr einmal gesagt, dass die antiken Potentaten *für die Ewigkeit* gearbeitet hätten. Wie im Traum sah sie große, flache, gestreckte Gebäude, die sich hinter einem riesigen Platz ausdehnten. Paradiesgärten mit Palmen und Schlössern. Weite Landschaften mit Vulkangebirgen im Hintergrund, ganze Städte, die sich bis ins Meer schoben. *Hat man sich nicht ringsum vom Meere umgeben gesehen, so hat man keinen Begriff von Welt,* hatte Goethe einmal zu ihr gesagt. Die römischen Tempel kannten sie auch aus einigen Prospekten, die Goethe besaß. Er hatte sogar einen Kupferstich vom Tempel des Herkules. – Endloses Meer! – Sie schlummerte ein und träumte von einem dunkelgrauen Pudel, den sie mit den zwei Enden einer zusammengefalteten Decke verschwinden lassen wollte, der vielleicht eine Sekunde verschwand und dann wieder da war. – Sie würde den Traum ihrer Freundin Caroline erzählen. Die musste ihn deuten, jetzt in einer Zeit, wo alles so unsicher war. Manchmal fühlte sie sich aufs Äußerste herausgefordert.

Ihr erstes Zusammensein im Januar 1776. – Was hatte er damals eigentlich von ihr gewollt? Er war zur Kaffeestunde gekommen, und sie saß ihm gegenüber und reichte ihm das Porzellantässchen. Als er die Hand ausstreckte, zog sie das Tässchen wieder zurück. – Dass er sich ihr näherte, war undenkbar. Sie musste den Anfang machen. Anfang? – Wovon? Er schwieg weiter (vielleicht aus Angst), und um die peinliche Stille zu überbrücken, hielt sie ihm ein Konfekt hin; ihre Finger berührten sich. Sie bemerkte seine Verlegenheit mit dem Instinkt der Ehefrau und versuchte zu retten, was zu retten war. Er meinte, die Kaffeestunde sei abgeschlossen und sah sie von der Seite an. Er sah den Schweißfleck auf ihrem ärmellosen Kleid und nahm auch ihren Geruch wahr. Er schaute ihr in die Augen, und sie hatte das Gefühl, er entdecke darin die schwarzen Augen von Lotte aus dem Werther. Sie beobachtete ihn aus ihren Augenwinkeln. Er musste ihr Anschauen ertragen, das war der einzige Ausweg aus der Sackgasse. Er begriff, dass er vielleicht Schwester, Freundin und Geliebte gefunden hatte. Hier mitten in der Wildnis des Rittergutes Kochberg. Deutlicher konnte sie ihre Forderung nicht ausdrücken, er seine auch nicht. Es war ihr unmöglich, daran zu denken, wie sie sich ihm entblößt darbot. Sie stellte die Tasse auf den Tisch und legte die Hand auf den Tisch. Ein Tischchen, wie es das Rokoko hervorbrachte. Alles lief zu langsam ab. Sie nahm die Tasse wieder auf und trank daraus. Die Tasse war leer, und sie schenkte sich nach. Er hoffte, dass die Sekunden sich noch einmal dehnen würden. Sie war genau das Urbild einer Frau, auch das Abbild von Charlotte Buff. Jetzt schlug sie die Beine übereinander, er hörte das Geräusch ihrer Strümpfe und sah ihre strammen Waden, denn sie war eine gute Tänzerin. Sie schlug eine Partie Schach vor, dann konnte sie aufstehen und etwas tun. So saßen sie sich nicht mehr wie Statuen gegenüber. Sie kam mit dem Kästchen mit den Schachfiguren zurück, er nahm ihr das Kästchen ab, und dabei berührten sich wieder ihre Finger. – „Gleich gibt es noch mehr Kaffee", sagte sie. – Ihr Kleid war lang und ehrbar.

Anders hätte es auch gar nicht sein können. Alles war nur möglich, wenn es von allein geschah. Der Werther war nur möglich gewesen, weil er darin alle seine Innerungen nach außen gewandelt hatte. Sie erschien ihm ein bisschen schlanker in ihrem weißen Kleid. Mit neunzehn war er vor der Liebesstärke Kätchen Schönkopfs zurück zu seiner Mutter nach Frankfurt geflüchtet, und die hatte, nach langer Genesung, seine alte Kraft und Kreativität wiederhergestellt. In den pietistischen Sitzungen, an denen er teilgenommen hatte, waren alle Anwesenden gleichermaßen harmlos und ein wenig dumm. Goethe hatte im November 1768 an seinen Freund Langer geschrieben: *Für eine Seele wie meine war es allen Priestern der Welt unmöglich sie zu rühren, besonders bey dem unevangelischen Gewäsche unsrer jetzigen Kantzeln.* – Inzwischen war ihre Seele genauso weit.

Sie hatte das Gefühl, Goethe wolle ihre Hand streicheln, und kam ihm mit ihrer ein wenig entgegen. Sie suchte sich zu konzentrieren, fiel aber in eine leichte Geistesabwesenheit. Auf dem Tischchen begann es eng zu werden, mit den Kaffeetassen und den Schachfiguren. Weder er noch sie hatten bisher einen Zug gemacht. Es war, als sollte das Schach zwischen ihnen zur Nervenberuhigung dienen. Sie schien mehr Macht über ihn zu haben, als er über sie, und plötzlich wurde sie ihm fremd; fremd und unerreichbar. Der Sehnsuchtsstachel. Ihr Lächeln kam ihm jetzt abweisend vor. Wenn er jetzt nichts tat, würde er entweder einen Zug mit dem Schachbauern machen müssen, oder er musste gehen. Sie hatten am Nachmittag einen Spaziergang gemacht. Es hatte am Vortag geregnet, und man spürte langsam, wie das Kochberger Gelände wieder austrocknete. Die Birkenstämme!

Sie hatte eine Rose im Haar. War das ein Zeichen? Er überwand sich und nahm noch einen Schluck Kaffee. Mit einer gelernten Bewegung platzierte er die Tasse wieder auf dem Schachtischchen. Sie beugten sich beide gleichzeitig über das Schach, um eine Figur zu betrachten und eventuell zu ziehen, da war es zu einem Kuss gekommen. Sie hatte von seinen Ängsten nichts geahnt und würde sich später diesen Kuss bis in die kleinsten Einzelheiten vergegenwärtigen. War das Wirklichkeit? – Für einen Philosophen war die Wirklichkeit Begriff. Diese Wirklichkeit hier war aber kein Begriff. – Das Kleid behielt sie an, und später konnte er auch das nicht glauben.

Er erinnerte sich nicht einmal, wie ihr Korsett und ihre bloßen Beine ausgesehen hatten. Als hätte man ein Öllicht angesteckt. Es kam ihm vor, als sei er eine unendliche Strecke neben ihr hergegangen. In ihrer Erinnerung war sie zur heimlichen Kulisse seines Lebens geworden. Was er von ihr gesehen hatte, hatte ihn nicht einmal erstaunt. Er war mit dem Finger über ihre Augenbrauen gefahren, und sie hatte gelächelt. Das Schürfen ihrer Strümpfe in der kurzen Umarmung. Am Ende hatte er das Gefühl, dass sie ihm Angst einjagte. Verschmelzung, das war ein neues Wort, das er noch nicht kannte. Das Unendliche bei Johann Christian Wolff! Es war nichts Verkehrtes in dem, was sie getan hatten. – Sie war aufgestanden und entzündete den Lüster. Er sah ihr dabei zu, und sie schienen jeder für sich zu sein. Nur ihr beider Schweigen deutete die ungewöhnliche Beziehung an. Sie hatte ihre Schuhe wieder angezogen, und ihre Absätze klapperten auf dem Parkett. – Draußen hatte es aufgehört zu schneien, und so war auch an die Abreise zu denken.

Sie lag allein im Nachthemd in ihrem Bett, Stein war weit weg. Wahrscheinlich auf einer Auslandsreise, um neue Pferde für den Herzog zu kaufen.

Zwölf

Leider waren alle vier Töchter gestorben. Nur die drei Jungen hatten überlebt. Fritz, der Jüngste, war ihr Lieblingssohn. Sie hatte ihn selbst gestillt, die Ausnahme. Sie hatte ihn im Knabenalter zu Goethe ins Haus gegeben, um ihrer beider Beziehung zu besiegeln und unangreifbar zu machen. Dort wuchs der Junge in Goethes Obhut auf. Erziehung war nicht gerade Goethes Lieblingsbeschäftigung. Aber Goethe würde einen Erwachsenen aus dem verspielten, sonnigen, pausbäckigen Knaben machen, der sich in allem, was er begann, gut anließ. Goethe gewöhnte den Jungen schnell an sich und war bald eine Autorität für ihn. Fritz erledigte schon als halbes Kind Goethes Rechnungen, schrieb nach Diktat und las ihm aus den Zeitungen die Rezensionen seiner Bücher vor, die Goethe nicht lesen wollte. – Goethe hatte vor, den Knaben die sogenannte Praxis durch einfaches Mittun „erleben" zu lassen. – Fritz sollte mitarbeitend lernen, aber kein Bewusstsein entwickeln, denn Goethe mochte keine Reflexion bei anderen. – Als Fritz fünf Jahre alt war, ließ Goethe eine Aktskulptur von dem Knaben durch den Königlichen Bildhauer Klauer anfertigen. – Eine kleine, vollkommen nackte Putte, später mit einem Weinblatt vor dem kleinen Gemächte. – In dieser Zeit schrieb Goethe den *Erlkönig*.

Charlotte, die Mutter von Fritz, war mit ihrem Gut Kochberg beschäftigt, denn von den Zuwendungen, die der Hof ihr allergnädigst zukommen ließ, allein konnte sie nicht leben.

Stein war am 27. Dezember 1793 gestorben, an ihrem 51. Geburtstag und achtzehn Jahre, nachdem sie Goethe begegnet war. Steins Krankheit hatte acht Monate nach ihrer Bekanntschaft mit Goethe begonnen! – Sie hatte am Anfang ihrer Beziehung zu Goethe wenig gesagt und sich als eine Sphinx ohne Geheimnis gegeben. Das hatte bei seinen wenigen Vorgängern immer geholfen!

In Frankreich war diese „Umwälzung" vor sich gegangen, *die Ungeheuer hatten obsiegt*, das war der Pöbel. – Sie sah nicht ein, *dass man die Existenz der Individuen dem großen Ganzen aufopfern* sollte. – Mounier, ein Franzose, der am Tod des Französischen Königs Mitschuld trug, war nach Weimar geflohen und hatte hier eine Erziehungsanstalt gegründet. Lange würde die nicht halten. – Wenn sie ihn nur sah: *Klein und hager, sein Gesicht gelb, sein Auge tiefliegend, schwarz.* – Man wusste es wenigstens: Das Individuum und das Ganze. – Aber Mounier hatte gestanden, wo er gefehlt hatte, und man hatte von ihm noch nie einen *paradoxen ungeprüften Satz* gehört. – Die Adligen, denen er geschadet hatte, sagten trotz allem: *Er war stets ein redlicher Mann.*

Sie wusste nicht genau, ob Mounier hier in Weimar heuchelte oder nicht. – Wenn Goethe nur nicht so pöbelhaft geworden wäre. Auch Goethes Existenz hing am Überleben des Weimarer Adelstandes. Und dem Überleben des Adels in ganz Europa. – Nun hatten die Franzosen eine Bresche in die Führung aller Länder geschlagen. Man konnte nicht einmal wissen, ob die Soldaten *bei vorkommender Gelegenheit auf die Seite des Pöbels und Landmanns und der Jakobiner treten würde.*

Stein war also am Vortag gestorben. Sie hatte an seinem Todestag bis mittags im Bett gelegen, und sein Tod

116

war ihr wirklich entgangen. – Wen ging das etwas an? – Aber ihr Hausdiener Schach weinte bitterlich. – Amelie Imhoff, ihre Enkelin, war an diesem Abend sogar auf einen Ball gegangen. *Die Natur nimmt dem Genius das Natürliche!*

Man war also Anfang der Neunziger, und ihrem Fritz, fast ein Erwachsener, wurden die Verhältnisse in Weimar lange zu eng. – Er spielte mit einem Übertritt in preußische Dienste, wollte aber zuerst England sehen. Alle Schicksalsschläge, der Tod ihrer vier Töchter und was danach kam, hatten *alle Frömmigkeit in ihrem Herzen ausgelöscht.*

Goethe war dick geworden, seit er diese Demoiselle hatte, *schrecklich dick*, hatte ihn die Herzogin Louise genannt. Charlotte sprach zu ihren Freunden *von diesem ausgelöschten Stern.* Louise hatte ihr über ihren Mann, der jetzt tot war, geschrieben: *Ich hoffe, dass er Sie nicht quält und Sie in Ruhe lässt.* – Was war aus dem Verhältnis mit Goethe geworden? Hatte er aller Welt zeigen wollen, dass sie auch so eine war wie die Demoiselle? – Das war die schwerere Beleidigung! Caroline von Dacheröden hatte an Charlotte Lengefeld, die spätere Frau Schillers, geschrieben: *Die Stein ist ein verständiges Weib, aber für die zartesten Herzensverhältnisse ist ihr jetzt der Sinn verschlossen.* Das stimmte. Sie wollte im Augenblick nichts mehr damit zu tun haben. Sie hatte nur einen geliebt: Goethe! – Und der war jetzt ein heruntergekommener Vorstadt-Lui geworden. Sie lebte im Augenblick in Weimar zwischen allen Fronten. Da war Schiller, da war Jean-Paul (den sie hasste), da waren die Schwestern Lengefeld, die Schiller gemeinsam heiraten würden. – Sie mochte Schiller sehr, aber seine Gesundheit war ein

Schwachpunkt. – Was wollte sie? – Jetzt ging es nur noch um ihren Sohn Fritz, den sie als letzten ihrer Söhne aus dem Haus gegeben hatte.

Wenn sie nur den Herzog günstig stimmen könnte! Der Mensch war *so sinnlich, er hing viel mehr, als er selbst wusste, am Äußeren!* – Der Herzog zeigte im Augenblick in seiner ganzen Umgebung *Verachtung der Menschheit.* Das musste von Goethe gekommen sein. Konnte nur! – Sie hatte vor kurzem versucht, mit dem Herzog über Fritzens Zukunft ein paar Worte zu wechseln, aber *ein paar fatale Blicke hatten sie abgehalten*, und sie hatte sich gefühlt, als wäre sie eine übriggebliebene Speise. – Die Miene, womit der Herzog, *die Unterlippe der Nasenspitze nähernd*, sie abgefertigt hatte, hatte sie total derangiert. Kurz darauf war der Herzog gegangen, *ohne eine Seele zu grüßen.* Das war neuerdings auch die Art, in der Goethe mit ihr umgegangen war. – Sie war dazu verdammt, immer das richtige zu sehen und auch zu denken! – Und hier beim Herzog? – Das Einzige, was dagegen half, war der Tanz! – Goethe hatte an beider letztem Tag in Karlsbad sehr schön mit ihr getanzt und ihr bei ihrem fliegenden Händler eine gelbe Rose für drei Kreutzer gekauft. Dann war er mit ihr noch die halbe Strecke zurückgefahren, bis Schneeberg, und war abgetaucht. Sie wusste, was andere Frauen anstellten, um ihre Liebhaber zu halten. Und diese Jugend seiner neuen Frau! – *Eine allgemeine H.* … hatte die Herdern Christiane Vulpius genannt.

Fritz war ein ganz anderes Baby gewesen als seine anderen Brüder. Ein hübsches, puttenhaftes Kind, sehr anhänglich. Als einziges ihrer Kinder hatte sie ihn selbst gestillt. Das süße blonde Gesichtchen, mit den von ihr selbst gestutzten immer noch lang herabhängenden

Locken. Sie hatte ihn gezeichnet, um sein Kinderbildnis für immer zu haben. Aber Fritz war oft sich selbst überlassen geblieben, auch manchmal wenn sie in Weimar war oder wenn sie nach Rudolstadt fahren musste, um Milchkühe zu kaufen. Für Fritz war das Leben in Goethes Haus *die glücklichste Periode seiner Jugend*. Goethe hatte ihn auf seine Reisen mitgenommen, Fritz erfuhr einiges vom Bergbau, er mineralogisierte, botanisierte, er zeichnete, radierte und machte auch Verse wie Goethe. Natürlich musste er auch die Kassa-Bücher, die Rechnungen des Goethischen Haushalts durchsehen, Goethe die unzähligen Bittschriften referieren und nach Diktat für Goethe schreiben. An Goethes Mutter schrieb Fritz ganz selbständig. Er sollte so in die Welt hineingeführt werden, *ohne es zu merken*. Fritz hatte dabei viel über den Alltag erfahren, aber ein paar Leute, die etwas von der Sache verstanden, hatten gesagt, dass Fritz bei Goethe nichts Durables gelernt habe und dass Goethes Erziehung Fritz eher geschadet als genutzt habe. Sie wusste nicht, wie es weitergehen würde, war aber fest davon überzeugt, dass Fritz sie stütze und die Freude ihres Alters sein würde.

Ja, in Weimar hatte sich einiges getan. Der Herzog wollte sich um jeden Preis den Preußen anschließen, da er auch für sich selbst die offenbar geglückte Französische Revolution wieder rückgängig machen wollte. – Charlotte hatte sich ein großes Stück Freiheit gegenüber dem Hof bewahrt. Sie unterwarf sich einfach und machte die unterwürfigen Kotaus bei Hof mit. Formalismus half gegen Höhergestellte immer. – Charlotte hatte schon immer einen Draht zu beiden Geschlechtern gehabt. Und jetzt, wo der Herzog auf weite Kriegsreisen ging, entbrannte Louise in großer, zärtlicher Liebe zu

Charlotte. *Ich aber werde Ihnen nichts mehr sagen, als was ich Ihnen schon so oft gesagt, dass ich Sie von ganzem Herzen liebe, meine teure Stein, und dass ich Sie mein ganzes Leben lieben werde.*

Unterdessen bewahren Sie mir einen Platz in Ihrem Herzen! Das meinige gehört Ihnen, und niemand hat den Platz, den Sie darin haben.

Und im September 1792 hatte sie ihr geschrieben: *Ich habe immer mehr gemerkt, dass es mir unmöglich wäre, ohne Sie zu leben. Sie fehlen mir überall und Sie haben keine Freundin, die Sie zärtlicher und beständiger liebt, als ich es tue.*

Da war sie also in eine Favoritenstellung gekommen. Favoritenstellungen nutzte man gewöhnlich aus, aber sie brachte es nicht über sich. – Das heißt nur so weit, als sie die Karriere (wenn man überhaupt von einer Karriere sprechen konnte) ihres Sohnes Fritz zu fördern suchte. Aber im Augenblick hatte nicht einmal Louise viel Einfluss auf den Herzog. Natürlich wusste Charlotte: *Die Großen sind so unglücklich, nur Alles für Zeremonie zu nehmen, und endlich bringen sie es auch dahin, dass es nichts anders ist.* Sie wusste, dass die Personen ihres Standes mit allen Vorurteilen gegen die, die unter ihnen waren, geboren waren, und dass nichts sie dazu bringen würde, diese Vorurteile abzulegen. Sie war ja selbst so gewesen und war es immer noch. Sie wollte nicht, dass zu ihren übrigen Martyrien noch die Ständeklausel des Pöbels hinzutreten sollte. Sie wusste aber auch, dass ihre Erfahrungen sich in denen Louises widerspiegelten. Wenn nur Zimmermann greifbar wäre! Sie hatte ihn immer gebraucht, wenn sie sich aussprechen wollte. Sie hätte gerne mit ihm über Louise geredet. Sie und Louise waren keine Zwillingsseelen. Vielleicht würde sie sich heute Abend auch Goethes Oboenspieler kommen lassen. Als Kind war sie hart erzogen worden, ohne Möglichkeit, Gespräche zu haben. Sie war eine Adlige, aber sie war kein Arbeitstier. Die paar Männer, die sie faszinierten, waren im Augenblick weg. Sie fühlte sich dem gesamten Hof überlegen, und sie verachtete Adelsfrauen, deren äußere Erscheinung, auch Kleidung, nicht vollkommen unantastbar war. Sie war stolz auf die Vergangenheit ihrer Familie, deren Adel zu dem die schottischen Irving von Drums gehörten. An ihre sechs bis sieben Jahre als Hofdame Anna Amalias erinnerte sie sich ungern, aber es gehörte zu ihrem Leben und hatte ihr viel Disziplin abverlangt. Dunkel und umrisshaft erschienen ihr heute die umständlichen Briefe ihres Onkels von Breitenbauch. Trotz ihrer Heirat mit Stein, den man für reich hielt, und dem schönen Wasserschloss Kochberg, das sie sogleich in Besitz genommen hatte, hatte sie nie in wirklichem Luxus gelebt (Luxus, den sie auch ein bisschen verachtete). Kochberg war ihr fester Grund und Ruheplatz. Als sie Stein geheiratet hatte, war sie zweiundzwanzig gewesen. Wäre es damals nicht klüger gewesen, noch ein bisschen zu warten? – Nein, sie war immer zäh und tapfer gewesen. Stein mit seinem schönen Aussehen und seinem clownschen Witz war doch der Richtige gewesen. Jetzt ruhte er six feet below. – Wenn sie auf die Geschichte ihrer Mutter zurückblickte, die sich mit vierzig Jahren dem Herrn übergeben hatte, war sie immer noch gut davongekommen. Erst als Stein in ihren Netzen zappelte, hatte er erkannt, dass das Eheversprechen von ihrer Seite nicht eingehalten wurde. Von seiner Seite übrigens auch nicht. Manchmal dachte sie, dass Stein sich in seiner

Abwesenheit auch ab und zu mit einer primitiven, billi-
gen Person vergnügte, wo er nicht auf seine Manieren, die
sie so hoch an ihm schätzte, achten musste. Andere verheiratete Frauen flirteten doch auch. Ihre Lebhaftigkeit
und ihre Magerkeit veranlassten viele andere Adelsfrauen
in ihrer Umgebung zu sagen: „Sie müssen mehr essen,
Charlotte!" – Sie aß nie viel. – Seit ihrer Jugend schon! –
Mein Gott, wenn nur Zimmermann da wäre. Sie war in
einer Lebensphase, wo sich alles drehte und wo sie einen
Berater hätte gebrauchen können. In Pyrmont hatte sie
Zimmermann einmal von ihrer Kindheit erzählt, und der
hatte sich für diese Phase ihres Lebens interessiert und
begeistert. Als sie das bemerkt hatte, hatte sie ihn mit ein
paar glaubhaften Lügen schnell in die Irre geführt.

Drei Jahre nach der französischen Volkserhebung
hatte der Pariser Nationalkonvent Schiller das französische Bürgerrecht verliehen. Charlotte schrieb an Schillers Frau:

*Sagen Sie mir doch, was hat denn Schiller zum Lobe oder
Verteidigung der Revolution geschrieben?*

Sie war sich ganz sicher, dass Schiller sich schnell
bekehren würde. – Sie schlief wieder besser, denn sie
war *in einer völligen Ergebung von Allem, was da kommen
könnte, und das Gegenwärtige habe ich überwunden.* War
das Mattigkeit, Apathie oder doch schon Stoizismus? –
Vor zwei Wochen hatte man in der St. Peter Kirche, wo
Herder immer predigte, ein bisschen aus Bachs Bran-
denburgischen Konzerten vorgestellt. Der Quartzug von
Flöte und Geige am Beginn des Concertino-Einsatzes.
So viel Frische und Elan für die Eröffnung eines neuen
Gedankens, auch bei ihr! – Dieser Eindruck der Selbst-
verständlichkeit in dem, was man hörte. Bach war ja auch

in der Wahl der Tonarten völlig frei gewesen. A-Dur statt D-Dur, hatte der Herzog kritisiert. Aber der verstand wenig von Musik. Anna Amalia hatte Bachs Musik *sophisticated* genannt; das stimmte noch am ehesten. – Fritz war mit in dem Konzert gewesen, aber er hatte sich gehütet, mit ihr darüber zu sprechen. Fritz wusste um ihre *Tadelsucht*; die brachte sie manchmal fast selbst in Verzweiflung. Sie dachte aber noch viele Wochen an die Musik zurück wie an einen schönen, frisch gekosteten Wein. – Vielleicht war Stein noch rechtzeitig gestorben?

Goethes Italienaufenthalt hatte gar nicht so sehr dem Schauen und Betrachten auf den Spuren Winckelmanns gedient, sondern der Selbstanalyse durch Schreiben. Mit der Neufassung des Tasso hatte er sich in Italien vollständig von ihr gelöst. Die Übertragung der Iphigenie in Verse war eine reine Fingerübung gewesen. Sie wusste genau, dass Corona Schröter für die Iphigenie Pate gestanden hatte. – Nach seiner Italienreise hatte nichts mehr geklappt, und alles war zusammengebrochen. Als sie sah, worauf es hinauslaufen würde, war sie zur Kur nach Wiesbaden gefahren, hatte auf dem Weg in Frankfurt halt gemacht und sechs Stunden mit Goethes Mutter gesprochen. Frau Aja hatte sofort gerochen, was im Busch war (sie selbst schäkerte mit dem viel jüngeren Schauspieler Unzelmann herum) und war freundlich, zugewandt und verstehend auf sie eingegangen, die nicht wesentlich jünger war als Goethes Mutter. In Wiesbaden war sie so verzweifelt gewesen, dass sie sich von einem alten Mann am Sprudel Märchenhefte ausgeliehen hatte und diese die ganze Nacht, trotz vieler Wanzen im Zimmer, durchgelesen hatte. War nicht auch ihre eigene Beziehung mit diesem viel jüngeren Mann ein Märchen

gewesen? – Oder hatte sie versucht, ein Genie zu fled-
dern und schlau und vernünftig etwas über das Schreiben zu lernen? Denn sie hatte selbst vor, Komödien und
Theaterstücke zu schreiben. Dido und Ryno waren ja
schon in Weimar zirkuliert, und Schiller hatte ihr einen
so ernsten Brief darüber geschrieben, dass sie über sich
selbst lachen musste. Sie hatte Goethe genau beobachtet und wusste: Der Künstler musste sich hinstellen und
den Schamanen spielen, sonst achtete niemand auf ihn.
Das war die Urszene. Knebel hatte ihr bei seinem letzten Besuch gesagt, dass man über sie rede. Sie würde bei
jedem Gespräch einen Anlass suchen, sich aufzuregen.
Auch wenn die Gelegenheit erst am Ende des Gesprächs
kam. – Sie war immer noch jung genug, um den Hof zu
schocken. Als ihre Schwägerin ihr zum Geburtstag ein
paar schöne Strumpfbänder schenkte, schrieb sie ihr:

*Gern beging ich einen Skandal und wies' heut meine
Waden, aber ich muss mich damit begnügen, einen verborge-
nen Wert an mir zu haben.*

Sie vertrieb sich die Zeit indem sie eine ganze Samm-
lung von Goethes Gedichten abschrieb. Unter diesen
Blättern war auch ein französisches Gedicht:

De l'amour j'ai sents la flamme,
Et les tourments et les douleurs
Ont aussitôt rempli mon âme. –
J'étais heureux – j'aimais – je meurs.

Die Verse waren nicht sentimental. Charlotte wusste, wer sie war, und Konventionen störten sie überhaupt
nicht. Sie machte sich sogar darüber lustig. – Sie dachte
an Zimmermann. Sie hatte erfahren, dass es überhaupt
keinen Seelenarzt gab, der nicht mit seiner Probandin im
Bett gelegen hätte. Charlotte glaubte aber nicht, dass er zu

der lüsternen Gesellschaft irgendeines Hofes gehört hatte. Vielleicht war sie doch die Adelheid von Walldorf aus dem Götz, aber eine, die noch besser tanzte als die Lotte in Wetzlar und die ihn mit ihrem, Charlottes Namen, eingefangen hatte. Ihre Schwägerin Sophie hatte zu ihr gesagt: „Wenn eine Frau einmal gelernt hat, so zu denken wie sie, Charlotte, ist sie ewig verloren.“ – Sie hatte Sophie widersprochen. Aber nachts, kurz vor dem Einschlafen, musste sie immer wieder an diesen Satz denken. – Noch einmal verglich sie Goethe mit Lenz. Sie hatte ein paar Theaterstücke von Lenz gelesen, aber was nützte der ganze Naturalismus, wenn keine Erkenntnis dabei war – wie bei Goethe. Goethe war vielleicht bei seiner Ankunft in Weimar genauso arglos gewesen wie Lenz. Aber schon nach einem halben Jahr in Weimar hatte er seine Arglosigkeit abgelegt und war mit Lenz so umgegangen, wie sie es erlebt hatte. Goethes Werther blieb der beste Roman des Erdkreises. Goethe meinte manchmal, es könne auch ein Zufallstreffer gewesen sein. Wenn er so etwas sagte, wurde sie wütend. Aber trotz aller Selbstkritik kultivierte er seinen Ruf als Genie in ganz Europa. Selbst Napoleon hatte in Erfurt drei Stunden mit ihm gesprochen. Sie hatte unvorgreifliche Gedanken über Goethe, aber sie würde die nie öffentlich aussprechen. – Dass Goethe sich in Weimar durchgesetzt hatte! Lessing hatte ihm ja in seiner Emilia Galotti gezeigt, wie man es machte. Viel fand man auch in seinem Götz.

Ihr Mann? – Sie hatte sich ihm nach der Eheschließung sofort genähert und versucht, ihn etwas von ihrer Welt wissen zu lassen. Den intimen Freundschaften zwischen den Hofdamen, dem Tanz, dem Pas de deux, den rein geistigen Verbindungen mit Männern, die etwa in

Steins Alter waren. – Stein hatte davon nichts wissen wollen und sich mit seinem *clownschen Witz* nicht nur darüber erhoben, sondern sie auch lächerlich gemacht. Sie wusste, dass er schon auf seiner Kavalierstour mit Prinz Carl August und Konstantin nach Paris dort Liaisons hatte und Liaisons auch für die beiden Prinzen arrangiert hatte. Er sah gut aus und ritt wie ein Gott. Aber auf das Geistige und Seelische achteten diese Frauen gar nicht, wie überhaupt der ganze Adel. Wenn man ein klassisches Theaterstück in Alexandrinern gab, in dem die Tugend und der Herrscher den Sieg davontrugen, fühlte sich der gesamte Adel am Bauch gekitzelt. Goethe hatte seit ein paar Jahren auch solche Sachen geschrieben. Die Iphigenie in Versen, den Tasso in Italien, in dem er sich plump, dreist und ganz öffentlich mit ihr, Charlotte, auseinandergesetzt hatte. Aber eigentlich hatten ihr die Zeilen im Tasso, die ihr galten, geschmeichelt. Niemand würde die Leonore von Este in den nächsten hundert Jahren vergessen. – Ja, da gab es Schiller, der Kabale und Liebe und den Fiesko geschrieben hatte, vor allem die Räuber! – Solche Leute würden sie hier in Weimar (vielleicht über Jahrzehnte) unauffällig erledigen. – Der Adel war das Beste, was es gab. Aber manchmal hatte sie doch das Gefühl, dass seine Zeit vorbei war. Und danach? – Das Bürgertum? – Vollgefressene, dicke Menschen, die weder die Wörter Anstand, Tugend, Askese noch Selbstbeherrschung geübt oder beherrscht hatten. Da lag Herzogin Louise mit ihrer Auffassung vom Abstand zwischen den Ständen ganz richtig.

Dreizehn

Als Fritz wieder einmal kurz zu ihr herübergelaufen kam, hatte er ihr erzählt, dass Goethe es nicht vertrage, seinen Tageslauf dem eines Kindes untergeordnet zu sehen. Sie hatte geglaubt, nach der Heirat mit Stein nicht mehr richtig arbeiten zu müssen. Aber Kochberg war eine Art vorsintflutlicher Landwirtschaftsfabrik, und sie musste sich um Gebäudeverfall, Ackerland und Milchkühe kümmern. Sie war immer klein und zart gewesen, aber sie hatte die Kondition der Tänzerin. Sie war froh, mit zweiundzwanzig (also reichlich spät) geheiratet zu haben, obwohl man sie in Weimar für keine gute Ehefrau hielt, weil sie im Gespräch Dichter und Wissenschaftler zitierte. Intellektuelle Frauen gab es nicht viele, wenn man von Humboldts Frau, Caroline von Dacheröden, absah. Auch ihr Hang zu Streit und Auseinandersetzungen, den sie vor ihrer Ehe unterdrückt hatte, war aufgefallen. Eine adlige Frau und Wissenschaft waren bei Hof unerträglich. Sie hatte sich eben auch aus Büchern informiert, um die Welt zu verstehen. Es war ihr klar, dass sie im Leben keinerlei Not mehr leiden würde, wenn es keinen Krieg gab. Ihre einzige Sehnsucht nach Überfluss zeigte sich darin, dass sie interessante und gebildete Bekannte hatte. Wenn sie sich über irgendetwas beklagte, machte ihr Mann diese Witze. Aber die Ressentiments des Adelstandes banden sie aneinander. Ihr Mann, der fast jeden Abend mit dem Herzog am Pharotisch saß, warf ihr, ohne es jemals zu sagen, vor, dass sie nicht auch ab und zu einmal spielte. Sie war klug genug, nicht zu

antworten und ihre Bekanntschaften weiter zu pflegen.
Ihre Mutter, diese altmodische und weise Frau, wurde
eine ihrer besten Freundinnen. – Frauen hatten nichts zu
sagen, und ihren Mann zu lieben fiel ihr schwer. Unter
ihren Bekannten war Knebel ein solcher Trost. Vielleicht
hatte sie an Goethe angezogen, dass der etwas von der
Art Knebels hatte. Irgendwie empfand sie Knebel in
ihrem Inneren als zeitgemäßer. – Sie trug fast immer
weiße Kleider. Sie mochte es nicht, wenn Frauen sich
nicht um ihr Äußeres kümmerten. – Jetzt, wo Stein tot
war, konnte es sowieso keine Zuneigung mehr geben.
Zu wem denn? – Sie war von Goethe schwer getäuscht
worden und hielt sich wieder mehr an ihre Brieffreun-
de und Söhne. Sie änderte ihre Kleidung ein wenig. Die
Krinolinen waren aus der Mode, und so trug sie jetzt fast
die gleichen griechischen Kleider wie Corona Schröter.
Jeden Abend bürstete sie sich ihr langes braunes Haar
oder ließ es von Schach bürsten. Mit über fünfzig Jahren
begann sie, das Leben einer verheirateten, erwachsenen
Frau zu führen. Sie dachte an das Nachtwestchen, an dem
sie für Goethe ein halbes Jahr gestrickt hatte und das sie
drei Nächte angezogen hatte, um es zu transsubstantiie-
ren. In Gedanken war sie immer noch mit Goethe ver-
eint. Er war damals ein junger begabter Mann gewesen,
den sie nach ihrem Gutdünken hatte formen können.
Sie hatte aber erkennen müssen, dass es irgendwo eine
Grenze gab, an der sie nicht mehr an ihn herankam. Die
Italienreise und die Vulpius hatten das nur etwas offen-
barer gemacht. Der Drang nach geistiger Partnerschaft
wuchs in ihr. – Gerechtigkeit zwischen den Partnern?
Was nach der Französischen Revolution gekommen war
und was Napoleon in die Welt gesetzt hatte, war nicht

die Égalité des Danton und des Robespierre gewesen. Sie glaubte an keine Gerechtigkeit, die sie sich nicht selbst erarbeitet hatte. An keinen Geliebten, den sie nicht selbst erzogen hatte. Existentielle Angst hatte sie nicht. Man brauchte nur auf ihre Schrift zu sehen, die klein und mit scharfen Ecken die Blätter füllte. – Ich war verheiratet, dachte sie, ich bin Witwe, ich habe neunhundert Reichstaler im Jahr. Das reicht nicht nur für mich, sondern auch für meine drei Söhne. Alle drei aber hatten Kummer mit ihren Frauen, die sie, eine nach der anderen, verließen, als scheine es, dass die Mutter mit ihrem bösen Blick über Meilen hinweg gestört hatte. Die Chemiefabrik unter ihrer weitläufigen Wohnung wurde geräumt, der Pferdestall auch, und sie hatte sich schon darauf gefreut, dass sie ein paar Räume mehr bekäme. Aber Carl August hatte befohlen, dass unter ihrer Wohnung eine Art Taverne für Spaziergänger eingerichtet wurde, wo ein Traiteur Kaffee und Punsch an die vielen Wandernden verkaufte. Sie hatte erkannt, dass ihren Ängsten ihre freudlose Jugend zugrunde lag. Gott sei Dank war ihre Riesenwohnung in Weimar trocken. Die Kälte und Feuchtigkeit in Kochberg erheiterte ihre Seele nur im Sommer, den sie dort verbrachte. Sie reiste jetzt viel in die Kur- und Sprudelbäder, früher hatten ihre drei Söhne sie auch nicht daran gehindert. So etwas wollte sie nicht denken. Manchmal empfand sie ihr Denken als zersetzend. Wenn sie einen Menschen oder einen Sachverhalt schnellfertig aburteilte, machte sie diesen Fehler immer wieder. – War sie überhaupt eine richtige Frau? – Sie hatte es Goethe ja bewiesen. Aber nach den sieben schweren Geburten hatte sie sich manchmal gefühlt als sei sie in ihrer Gebärmutter begraben. – Sie mochte die jungen Männer, hatte aber

129

einen sieben Jahre älteren Mann geheiratet. Ihre Mutter
hatte ihr dazu geraten. „Ein junger Mann bringt immer
Unruhe in die Beziehung", hatte ihre Mutter Concor-
dia zu ihr gesagt. Hatte sie nach einem altmodischen
Lebensplan gelebt? Nein! Die Schwangerschaften hatten sie ungemein befriedigt, trotz der vielen Schmerzen.
Goethe hatte im Wilhelm Meister doch abgebildet wie
eine Frau die Schwangerschaft erleben konnte. Sie würde
demnächst nach Ilmenau ins Schlackenbad gehen. Das
war ihr immer gut bekommen. Dass man das Leben in
Sprache wickeln musste, machte alles gleichgültig. Das
war vielleicht der tiefere Grund für ihren Stoizismus.

Nachts im Traum war sie in der Dunkelheit mit Goethe in ein zweistöckiges Gebäude eingeladen. Die Einla-
dung war von Merck. Sie blieb allein unten, Goethe ging
nach oben, wo die Gesellschaft stattfand. Wie konnte sie
nur so dumm sein, mit ihm mitgegangen zu sein. Goethe
vertraute nur auf sich. Die dunkle Ilm nebenan. Sie ging
nach oben, und irgendetwas entwickelte sich zwischen
ihr und Goethe. Ihr Bruder Carl trat aus der Gesellschaft
auf sie zu und zeigte ein paar seiner Taschenspielertricks.
Verschwinden lassen von allen möglichen Gegenständen.
Sie aus der Nase des Gegenübers wieder hervorzuzaubern.
Als ihr Bruder, Carl von Schardt merkte, dass sie Wider-
stand gegen seine Suggestionen leistete, trat er ganz dicht
an sie heran. Sie verkrampfte sich. Und der Krampf dauerte nach dem Erwachen noch den ganzen Tag. Sie hatte
im Traum gedacht, dass sie vielleicht bessere Lebens-
romane schreiben könnte als Goethe.

Nach dem Aufwachen hatte sie beschlossen, ihren
Traum niemand zu erzählen. Auch nicht der Herdern,
die sich ein Vergnügen daraus machte, ihre Traumfetzen

zu zerpflücken. – Träume waren Schäume, das meinte jedenfalls Goethe. Aber in vielem sei die Zukunft ziemlich richtig abgebildet. – Sie beschloss, einen Gang über ihre Felder zu machen. Das nächste Dorf war gar nicht weit. Ein paar Häuser, die Kirche, das Pfarrhaus und ein Kramladen, wo man Schwefel zum Feuer machen bekam. Sie überlegte kurz, ob sie in einem Kahn auf dem Schlossgraben ein wenig träumen könnte, vom Wasser umgeben. – Träumen! – So subtil, gut und bestimmt! – Ihr Bruder, Wurm, der Sekretär! – Seit wann und warum? – Eine kleine Allee. Die Zugbrücke mit den Holzbohlen, primitiv. Ein Herrenhaus war ihr Schloss nicht, aber gut, fest gemauert und massiv. – Jetzt bald eine Mahlzeit, ein Gespräch oder eine schöne, lange Beschreibung in einem dicken Roman. – Sie zog Goethes Prosa-Iphigenie aus dem Schubfach ihres Schreibtischs. Sie hatte noch die handschriftliche Fassung des Autors, die lange in Weimar zirkuliert war. Es waren nur etwa fünfzig Seiten. Nein, noch weniger! Sie schlug das Manuskript auf und las:

Allein des Weibes Glück ist eng gebunden, sie dankt ihr Wohl stets andern, öfters Fremden … Auch hier an dieser heiligen Stätte hält Thoas mich in ehrenvoller Sklaverei!
Nie mehr würde sie jemand in Sklaverei halten. Ihr Sklavenhalter war weg. Oder war sie seine Sklavenhalterin gewesen? – 1793 gestorben – *Dir sollte mein Leben zu ewigem Dienste geweiht sein. – Der freie Atem macht das Leben nicht allein,* stand da. Aber ein Schattenleben hatte sie nie geführt. – *Er, der nur gewohnt ist, zu befehlen und zu tun, kennt nicht die Kunst, von weitem ein Gespräch nach seiner Absicht fein zu lenken. Erschwers ihm nicht durch Rückhalt, weigern und vorsätzlich missverstehen.* – Diese

Kunst hatte Goethe vollkommen beherrscht. Sie würde nie mehr daran denken, Goethe in irgendeiner Weise entgegenzukommen.

Sie hielt inne und merkte, wie sehr sie sich geärgert hatte und ihren Ärger in sich hineinfraß. – So selbstlos war ihre Liebe zu Goethe demnach nicht gewesen. – Die eigenen Gedanken brachten einen darauf. – Kein Anlass zur Scham. – Obwohl sie sich tatsächlich ein bisschen schämte. Vielleicht war sie auch nur von der Melancholie befallen worden. – Wie stand sie überhaupt zu Goethe? – Nach allem, was passiert war, konnte es eigentlich nur Hass geben, das heißt, es sollte ihn geben! – Aber sie hasste Goethe nicht. Sie wusste, dass er ein Sondermensch und Geistwesen war. – Manchmal konnte sie sich krummlachen, wenn ein anderer ihr etwas Intimes aus seinem Leben erzählte. Goethe hatte ihr nie viel von sich erzählt, bis auf seine reiche Herkunft. Sie glaubte, es gäbe von ihr nichts zu erzählen, außer den Szenen, die sie manchmal mit Stein gehabt hatte. Als sie einmal zu Goethe gesagt hatte: „Wir kennen uns jetzt seit über zwanzig Jahren", hatte Goethe geantwortet: „Am besten kann man die Menschen mit Zahlen täuschen. Das heißt, die Zahlen tun es eigentlich selbst!" – Goethe war ehrlich, aber sie wusste: Für eine geistige Beziehung brauchte es keine Ehrlichkeit. Goethe schien ihre Gedanken zu erraten und sagte: „Symbolik ist das Unnatürlichste, das es gibt!" – Goethe hatte die Symbolik mit seiner Schwester ganz früh, schon seit den Kinderjahren, geübt. Es war eine Un-Beziehung zwischen ihm und seiner Schwester, aber doch eine Beziehung. Seine Schwester schien der Ansicht zu sein, dass die Beziehung zwischen ihr und ihrem Bruder unauflöslich sei. Da war ihr nur noch der

Tod als Ausweg geblieben. Kurz darauf hatte Schlosser Johanna Fahlmer, die Goethe Tantchen nannte, geheiratet. – Charlotte registrierte, wie ihre Gedankenwelt sich entwickelte. – Sie hatte Goethe erzählt, sie habe in einer französischen Zeitung gelesen, dass es in Frankreich Parteien gebe. Goethe hatte geantwortet: „Die Partei kann liberal oder illiberal sein, unterwandert wird sie auf jeden Fall! Und wenn ich sage, was ich denke, stellt sich der Andere sofort darauf ein." – Sie sagte Goethe, dass sie versuchen würde, auch ein paar Komödien zu schreiben. Goethe hatte geantwortet: „Das Unnatürliche ärgert sich, wenn das Natürliche schreibt." – Sie wusste, dass der Hof und die Leute um ihn herum mit allen möglichen Mitteln gegen Goethe arbeiteten. Goethe war dem Streit nicht nur nicht aus dem Wege gegangen, sondern hatte seine Gegner ins Leere laufen lassen. – Weg konnte er ja nicht. Wohin denn? – Das hatten die zwei Jahre in Italien bewiesen, von wo er ja auch in seine alte, feuchte Zwangsheimat zurückgekehrt war. Goethe würde nie eine richtige Heimat finden, obwohl er ihr immer wieder geschrieben hatte, wie heimisch er sich in Thüringen fühle. Er war auch ein bisschen *Ahasver*, und sein ganzes Leben war Improvisation gewesen. Der Herzog überdies, von dem ihr Wohl und Wehe abhing, hatte im Grunde nicht anders gelebt. Dass ihm das Soldatenwesen so auf den Leib geschrieben war, würde sie in ihrem ganzen Leben nicht verstehen. – Ihr Bruder, Carl von Schardt, hatte einmal den müden Versuch gemacht, in ihre Gedankenbeziehung zu Goethe einzudringen. Er hatte einfach Angst gehabt, dass sie ihm, dem Familien- und Adelsdenken entgleiten könnte. Was war denn der Adel? Er bröckelte, und seit der Französischen Revolution war er in vielen sogenannten Fürstentümern fast nicht mehr da. Typen wie Goethe würden nach vorne kommen und das neu sich formierende Land und die Ständegesellschaft reformieren. Er war Patriziersohn, und die Patriziersöhne würden die kommende Machtelite sein.

Sie war eine unsentimentale Mutter gewesen und hatte sich am Heranwachsen ihrer drei wilden Knaben immer wieder erfreut. Aber sie wusste: Fritz, der jüngste, würde nie so werden wie Stein. Er würde vielleicht sein ganzes Leben klein und hilflos bleiben. Sie konnte sich bei ihrem Kind nicht Goethes Umtriebigkeit vorstellen, mit der dieser seinen Platz am Hof und in der Gesellschaft erobert hatte. Was hieß erobert? – Goethe war einfach besser als alle anderen. Wenn sie die strahlend blauen Augen ihres Sohnes ansah, dachte sie, dass er immer Kind bleiben würde. Der einzige Sohn, den sie gesäugt hatte. Goethe würde ihr helfen, die Zukunft von Fritz vorsichtig zu planen und wenn er in ein anderes Fürstentum gehen musste. Sie hatte gemerkt, dass ihr Körper sich veränderte. Aber zum nächtelangen Tanzen hatte sie immer noch die Kraft. Sie war nicht mehr das überflüssige Mädchen neben den vielen wichtigen Brüdern, die einmal Macht und Ansehen bei Hof haben sollten. Sie dachte daran, dass man ihr kaum Mitgift hatte mitgeben können und dass ihre einzige Hoffnung ein Mann wie Stein sein konnte. Wie sie sich nach der Bekanntschaft mit Stein den anderen Männern entzogen hatte! Dass Stein Karriere machen würde, daran war nicht zu zweifeln. Manchmal hatte sie sich von Stein beleidigt gefühlt, weil er immer wieder diese schrecklichen Witze gemacht hatte. Sie hatte ihn aber schließlich genommen, weil sie wusste, dass man Gefühle ebenso lernen musste wie die Sprache. Sie hatte sich damit abfinden müssen, dass Männer anders *gemütet* waren, als sie geglaubt hatte. Sie hatte schon vor ihrer Ehe ihre esoterischen Fähigkeiten entdeckt und freute sich, dass sie manchmal Einfluss ausüben konnte. Verachtet hatte sie die Männer deswegen nicht. Vielleicht war Stein auch einfach ihrem Magnetismus erlegen, der es ihr erlaubt hatte, ihren Körper einzusetzen. Aber sie hatte schon das Jahr vorausgesehen, in dem künstliche Mittel eingesetzt werden mussten, um Gesicht und Fleisch einer Frau attraktiver zu machen. Sie war keine Kurtisane, aber alle adligen Frauen bei Hof schminkten sich stark. Was hatten die Männer eigentlich davon, wenn sie selbst so wenig davon hatte? Stein musste das auch gemerkt haben und kam nur noch zum Kinderzeugen nach Kochberg. Stein hatte immer nur für den Hof gelebt und hatte über sein Leben neben der Ehe immer dichtgehalten. Manchmal dachte sie, ihr Zusammensein wäre für ihn ein Abendessen. Und innerlich war Stein davon überzeugt, jede Frau auf seine Seite bringen zu können. Das wusste sie genau. Das meiste, was man empfand und dachte, konnte man sowieso niemandem mitteilen. Niemandem! – Sie und Stein würden diese Ehe bis zum Tod führen.

Und Goethe? – Die zwei Jahre in Italien hatten ihn bereichert, er hatte sich erholt. Aber nachdem er zurückgekommen war und sich mit dieser Demoiselle zusammengetan hatte, war er ihrer Ansicht nach faul und anspruchslos geworden. – Zehn Jahre hatte er sich für das Wachsen und den Ruhm des Weimarer Hofs, auch des Musenhofs, rückhaltlos eingesetzt und gelernt, die adligen Frauen zu meiden. Er hatte eine kleine plebejische

Frau gewonnen, aber ein Sieg war das nicht. Das Lachen musste ihm vergangen sein, und wenn er mit tiefhängendem Bauch, den Blick nach oben gerichtet, durch Weimar ging, tat er, als gäbe es sonst niemanden. Das hatten ihr jedenfalls ihre Schwägerin Sophie und die Herdern erzählt. Goethe erinnerte sie manchmal an einen Schatten aus der Unterwelt. Sie wäre auch gern mit ihm nach Italien gegangen, wenn sie ein Mann und ungebunden gewesen wäre. Kochberg ließ sie nicht los, und mehr als ein paar Wochen Kur in Karlsbad, Wiesbaden oder Pyrmont konnte sie sich nicht gönnen. Goethes Demoiselle war billig und primitiv. Neuerdings tauchte Goethe mit ihr sogar im Theater auf. Die konnte ja noch nicht einmal richtig schreiben. Goethe war kein *tombeur des femmes*, sonst hätte er sich eine andere ausgesucht. Sie waren ja auch zusammen gewesen, und manchmal glaubte sie, die Demoiselle habe ihn verführt. Eigentlich war Goethes Auftreten mit dieser Frau rührend. Könnte er der überhaupt erzählen, was er ihr erzählt und gebeichtet hatte? – Die Antwort auf die Frage machte sie apathisch. Eine wirkliche Liebesaffäre neben ihr hatte er nur mit Corona Schröter gehabt, das wusste sie genau. Warum hatte Goethe keine vermögende Frau geheiratet? – Die Demoiselle würde noch sehen, was sie davon hatte. Goethe war inzwischen im Adelsstand, und die Nichtswürdige kam aus der Hefe des Volkes. Allzulange würde das Ganze nicht dauern. Die elf Jahre mit ihm hatte sie dem Triumpf ihres Willens verdankt. Für die Demoiselle und deren Cousine würde er gewiss sorgen können. – Eine Heirat? Der Gedanke war zum Wegwerfen. – Sie erinnerte sich an ihre Hochzeit mit Stein. Der ganze Hof, Anna Amalia, Carl August und Constantin, die ganzen

Größen aus dem Fürstentum waren dabei gewesen. Und jetzt zog ihr Galan mit dieser Dahergelaufenen herum! Mit seinem Charme konnte er sie auch nicht bestrickt haben. – Sie hatte das Primitive mit Goethe in ihrer gemeinsamen Zeit auch schon ein bisschen entdeckt, aber nie richtig daran glauben wollen. – Ob es zwischen ihm und der Demoiselle auch zu solchen Wortwechseln wie zwischen ihr und Stein gekommen war? – Nein, die duckte sich bestimmt weg und gab ihren Körper her. Goethe war *sinnlich geworden.* Es war die Unmittelbarkeit, die Kindlichkeit des Werther, die die Leute am Hof hatten glauben lassen, dieser Junge, gerade berühmt geworden, ließe sich leicht führen. Als es dann ein paarmal zwischen ihr und Goethe gekracht hatte, stritt sie alles ab und schlug mit Worten zurück. Von ihrem Inneren hatte sie nie etwas preisgegeben, obwohl der Pietismus dazu einlud. Bis auf zwei, drei Ausnahmen. Goethe musste das wohl für Liebe gehalten haben. – Verzweifeln kam nicht in Frage. Sie war in ihrem Leben schon hundertmal in auswegloseren Lagen gewesen. Wenn er sich ihr entzog, hatte sie ihn an die Wand gedrängt, mit der ihr manchmal eigenen Rücksichtslosigkeit, die sie sonst weder bei einem anderen Mann noch einer anderen Frau gesehen hatte. – Das Menschentier war unbelehrbar! – Die Frauen, mit denen Stein Liaisons gehabt hatte, waren bestimmt dumm gewesen. Stein hatte außer ihr nur dumme Frauen kennengelernt. Mit welchem Gleichmut sie alle seine Umwege und Eskapaden hingenommen hatte. – Was sie tat und dachte, zielte schon auf Wirkung über ihren Tod hinaus. Goethe würde sich noch wundern. Wahrscheinlich dachte er nicht einmal an sie. – Und die Nachwelt? Goethe würde vergessen werden, wenn nicht irgendjemand seine Briefe an sie nach dem Tod veröffentlichen würde. Wenn er länger mit ihr zusammengeblieben wäre, wäre er schon tot. Esel, asinus! – Sie war schneller im Kopf und verbarg sich inzwischen hinter ihrer weißgewandeten Altersfassade. Sie war in keiner geordneten Familie großgeworden und war in ihrer sicheren Adelswelt geblieben. Goethe hatte aber die französische Umwälzung schon lange kommen sehen und sich in den Ständen nach einer Frau umgesehen, die diese Umwälzung hervorgebracht hatten. – Er hatte sie, Charlotte, langsam angefressen, und sie hatte es erst im letzten Augenblick bemerkt. Wenn Goethe vor ihr sterben würde, würde sie sich trotzdem auf seinen nackten Leib legen und ihm ihren Atem einhauchen! Er wird mich wahrscheinlich überleben, dachte sie, aber viel soll er davon nicht haben. – Gegen den Tod konnte er nichts machen, dachte sie. Er würde sich sicher nicht mit ihr begraben lassen, mit ihr und ihren drei lieblosen Kindern. Er hatte Liebe nur mit seiner Schwester Cornelia erlebt, seelische und geistige Liebe! Cornelia war auch die bessere Schriftstellerin gewesen. Aus ihren Tagebüchern, die fast Erzählungen waren, hatte er das meiste für sich verwandt. – *Kinder sind wie Ratten und Mäuse,* hatte er geschrieben, und er hatte, zusammen mit seiner Schwester, nicht nur die Möglichkeit des französischen Theaters in Frankfurt entdeckt, sondern auch das, was die Literatur ihnen beiden hatte geben können. Sie hatte ihm oft Textentwürfe nach Leipzig geschickt, wo er drei Jahre studiert hatte. Er hatte seine Korrekturen an den breitgefalzten Rand ihrer Briefe geschrieben und war sich dabei unglaublich stolz vorgekommen. – Charlotte glaubte, dass sie die einzige war, mit der Goethe überhaupt über diese

Dinge gesprochen hatte. Soviel hatte er ihr erzählt, dass sie manche Berichte aus seiner Kindheit als sentimental empfunden hatte. Ab und zu hatte er Mellin erwähnt, der ihn nach seiner Rückkehr aus Leipzig in seine Heimatstadt Frankfurt in die pietistische Szene hineingezogen hatte. Sie konnte ihn gut verstehen, denn sie war selbst in dem extremsten Pietismus großgeworden. – Trotzdem: Die Frauen, die er damals kennengelernt hatte, mussten lebenslang an ihm klebengeblieben sein. – Beneidete sie Goethe? Ein bisschen schon! – Das Neidargument war bei jedem schnell zur Hand. Ab und zu kam der Wunsch über sie, ihn zu verletzen.

Vierzehn

„Bist du immer noch kritisch?" hatte Goethe sie gefragt, „Weis doch erst mal selbst was vor!"

Er war sie auf eine unanständige Weise losgeworden, und sie wusste, dass er sich manchmal über die vergangenen Jahre, die er mit ihr verbracht hatte, ärgerte. Sie hatte ihn nicht ausgesaugt, er sie aber auch nicht. Sie hatte manchmal das Gefühl, ein bisschen unrechtmäßig von ihm Besitz ergriffen zu haben, aber er hatte sich in den zwei Jahren in Italien seinen Besitz wieder zurückgeholt.

„Ich habe keine Lust, dass aus mir einmal ein Mythos gemacht wird", hatte er einmal zu ihr gesagt.

Goethe war fortgefahren: „Ehrgeiz, Unkenntnis meiner selbst und der Aufenthalt in einem fremden Fürstentum haben mich in diese Falle gelockt." – Um sie zu verstehen, hätte Goethe sich ändern müssen. Aber Goethe wollte sich nicht ändern.

Und Goethe war ja nach den zwei Jahren Italien doch nach Weimar zurückgekehrt. In diese schwierige Gesellschaft und sie selbst, eine routinierte Frau, immer noch in der Nähe. – Wo hätte er denn hingekonnt? Höchstens nach Amerika wie die Wedeln, die nach einem Scheinbegräbnis mit ihrem Liebhaber nach Amerika durchgebrannt war, schon in Frankreich erkannt worden war und reumütig und unter vielem Gelächter des Hofs und ihrer Umgebung wieder nach Weimar zurückgekehrt war. Wegen Stein würde sie das nicht tun, Stein auch nicht wegen ihr. Dazu waren sich auch Stein und Goethe sowohl ein wenig im Aussehen als auch in der unabkömmlichen Stellung bei Hofe zu ähnlich. Josias war mindestens genauso klug wie Goethe, aber er zeigte es nicht. Er tat das, was sie auch hinter dem Vorhang tat. Stein war immer unterschätzt worden (nur nicht vom Herzog und vom Hof), und wenn man einmal ein Buch über sie, Charlotte, schreiben würde, würde man Stein darin wahrscheinlich nicht erwähnen. – Stein hatte sie aus der Bredouille geholt, und jetzt poussierte sie mit einem Jüngling. Alle verhielten sich so ungefähr wie sie, und der Voyeurismus der Leute um sie herum verwirrte sie. Trotzdem erschien es unter Steins Beherrschung zu brodeln. Als Goethe ihrem Lieblingssohn Fritz einmal eine goldene Uhr geschenkt hatte, befahl Stein ihm, die Uhr zurückzugeben, und schenkte ihm eine neue, etwas schönere Uhr. Wie man Kinder erzog, davon hatten sie beide keine Ahnung. – Vielleicht hätte Lavater ihnen helfen können. Wahrscheinlich war Stein noch tiefgründiger als Goethe, und er ließ sich noch weniger durchschauen. Stein war auch Jurist wie Goethe. Sie hätte sich niemals einen Liebhaber gesucht, der nicht doch in ein paar Einzelheiten mit ihrem Mann übereinstimmte. Natürlich war ihr Mann kein Unschuldsengel, aber er hatte immer zu ihr gestanden. Graf Görtz, der in ganz Thüringen log und intrigierte wie kein Zweiter, hatte ihr durch seine Frau zukommen lassen, dass Stein *beaucoup de jolies femmes* überall habe. – Als könne man ihn damit bei Carl August denunzieren. Wenn es so war, dann profitierte Carl August in hohem Maße davon. Sie und Stein waren vor ihrer Ehe beide hohe Vertraute des Hofes gewesen, und sie wusste, dass dort ihre Verbindung auch deswegen gern gesehen wurde. – Ja, Stein hatte die Podagra bekommen, die sich in seinen ganzen Leib hineingefressen hatte. – Oder hatte ihm jemand eine Ingredienz gegeben? – Stein hatte auch eine Schwester, die Charlotte von Stein hieß, und sie wusste von Goethe und dessen Schwester, dass die inzestuösen Motive immer die stärksten waren. – Er war ihr damals langsam lästig geworden. Als sie einmal ein paar Besuche in Jena machen wollte, hatte sie an ihre Schwägerin geschrieben: *Aber wo mit dem Stein hin?* Manchmal fürchtete sie, in den Zustand ihres Mannes zu verfallen. Sie war auch nicht immer gesund gewesen, aber sie war klein, zierlich, hart und zäh. Die Männer waren an allem schuld, nur gut, dass es solche Frauen wie die Herzogin Louise gab, die ein wirklich liebendes Interesse an ihr hatte. Sie wusste, dass Stein dem Zwang, den sie manchmal auf ihn ausübte, nicht immer gehorchte, und sie hatte mit den zwei Monaten mit Lenz in Kochberg gezeigt, wozu sie fähig war. – Goethe hatte ihr beigebracht, alchemistisch zu denken, alchemistisch und pietistisch. Die Sonne war der Ursprung allen Lebens, und für sie trug er in sein Tagebuch das Sonnensymbol ein. Doch eigentlich kam dieses Symbol noch aus heidnischer Zeit. Auch Liebe war für Goethe Alchemie, verbunden mit unglaublicher Toleranz (wenn man ihm nicht zu nahekam). Sonne und Mond waren die heißen und kalten Symbole der inneren und äußeren Vereinigung. – Auch in ihrem Theaterstück, das sie in einigen Jahren schreiben wollte und schon jetzt im Kopf trug, sagte eine Frau: *Aber ich habe eine Männerseele und will auf keine Art Fesseln tragen.* Das war auch das Motto für ihre Ehe mit Stein gewesen. – Scheiden lassen ging nicht, denn aus Steins Gehalt finanzierte sie ihr Leben, manchmal auch Goethes Leben mit. – Mit der Tatsache, dass ihr Mann bei Hof und überall unterschätzt wurde, konnte sie leben. Es war ihr sogar recht. – Die Frage, wer am Weimarer Hof wen liebte, konnte sich von einem Monat zum anderen ändern. Für Steins Eskapaden hatte sie sich auch ein paar Mal gerächt, bevor sie Goethe kennengelernt hatte. Sie fand, dass Goethe zu sehr in die Politik hineingerutscht war und dass er sich zu einem Reformer entwickelt hatte. Aber sie wusste auch, dass sie in Fénelons Télemaque gelesen hatte: *Listige und selbstsüchtige Menschen umgeben sie (die Fürsten); die besseren ziehen sich zurück, weil sie weder zudringlich sind noch schmeichelnd; die Guten warten, bis man sie aufsucht, doch leider wissen die Fürsten sie nur selten zu finden.* – Die Menschen waren Weltbürger und sollten ihre Träume leben. – Wie ihr junger Favorit, in dessen Körper sie zu gelangen versuchte. Aber er hatte seinen Diener Philipp Seidel, das war ein starker Weggefährte.

Goethe hatte seinen Aufstieg nur seiner Intelligenz und seiner dichterischen Begabung zu verdanken, natürlich auch seiner Beziehung zu ihr und zu Anna Amalia. – Mit der Seelenverwandtschaft zwischen ihr und Goethe war es so weit nicht her. Sonst hätten sie sich nicht soviel gestritten. Viel mehr liebte sie die Herzogin Louise, die auch ein bisschen die Seele eines Mannes hatte. – Sie musste nur auf ihren Bruder Carl aufpassen, denn der intrigierte manchmal wie der Sekretär Wurm in Schillers Kabale und Liebe. Carl wusste, dass sie in letzter Zeit genauso oft krank gewesen war wie ihr Mann. Der Hof sorgte sich um sie beide. – Dass sie Goethe zehn Jahre lang geliebt hatte, stand außer Zweifel. Sie hatte in einem Gedicht, das sie auf die Rückseite eines der Briefe Goethes geschrieben hatte, sogar gesagt, dass sie eher ihr Gewissen vernichten würde, als diese Alliance aufzugeben. Das hinderte sie jedoch nicht daran, nächtelang von der Herzogin Louise zu träumen, die Träume aufzuschreiben und sie dann der Herzogin zu schicken. Es war eine *närrische Liebe*, aber es war wenigstens ein aufrichtiges Gefühl, dass ihr da von der Herzogin entgegenschlug. Und weitherzig war sie auch. Der Hofdame Marianne von Wedel, die auch eine Wohnung in ihrem weitläufigen Haus an der Ackerwand bewohnte, wurde sogar nachgesagt, dass sie ein Verhältnis mit Goethe habe. Na und! – Alles, was man ihr an Kälte nachsagte, war ein Schutz gegen die Schranzen.

Wie war überhaupt das aus ihr geworden, was sie heute war? Sie dachte an ihren Onkel George August von Breitenbauch, der ihr in seinen Briefen in den Sechzigern nähergekommen war als mancher spätere Bewerber. Dieser Onkel hatte ihr ein Buch über die Römische Octavia gewidmet. – Sie hatte ihm Dankesbriefe geschrieben, zum Beispiel: *Wie sehr mich Dero Freundschaftsbezeigungen an meinem Geburtstage geschmeichelt haben, ...* und so weiter. – *Man darf ja wohl seinen Onkel küssen,* hatte sie an ihre Tante, dessen Frau, zurückgeschrieben. Und der Onkel widmete ihr selbstgeschriebene Gedichte in Alexandrinern. Er war ein Fünfzigjähriger, dessen ausgezehrtes Gesicht den Beschauer auf einem der vielen Kupferstiche anblickte.

Des Geistes edler Sinn, der Glieder Reiz und Pracht,
Die Anmut, die dir stets aus sanften Augen lacht,
Ist ein Geschenk von ihr, die Menschen zu beglücken:
Ach, möchtest du dereinst ein würdig Herz entzücken!

Charlotte mochte ältere Männer. Erst spät gestand sie sich ein, dass ihnen die Jugendlichen vorzuziehen wären. Vor allem gehörten diese jungen Männer nicht zu der

Sorte Mensch, die ihre Ellbogen einsetzten, ohne dass man es merkte. Eigentlich traute sie niemandem mehr, seit dem Fiasko mit Goethe. Allein, wenn jemand das Wort „Vertrauen“ oder „Seele“ gebrauchte, war er für sie anzweifelbar. – Sie sagte es den Betreffenden nicht und entwickelte eine Fähigkeit, diese Personen zu umgehen oder zu nullisieren.

Seit dem Bruch mit Goethe waren ihre Träume immer bizarrer geworden. Ein paar Mal war sie in unverständlichen Zweikämpfen mit Goethe gewesen. Ihre Seele versuchte den wahren Sinn dieser Träume zu vergessen. In Zimmermann hatte sie einen treuen Freund gefunden. Aber die Seelenärzte gaben einem nur Ratschläge, machten aber nichts klar. Einmal hatte ein tierischer Schrei ihres kranken, weit entfernten Sohns sie aus dem Traum gerissen, sie war aufgestanden, hatte ein Glas Wasser getrunken und sich dann wieder in ihr weißes Bett zurückgelegt. Am nächsten Tag hatte sie sich (zum ersten Mal in ihrem Leben) die Haare ein wenig kräuseln lassen. Ein andermal war sie in einer weißen Kutsche zur Hochzeit mit ihrem Onkel Breitenbauch gefahren. In scheinbar ausweglosen Momenten wurde man zu Caroline Herder und schrieb seine Träume auf. Die Herdern war sich sicher, dass Schreckensträume nach dem Aufschreiben nicht mehr in Erfüllung gehen konnten. Sie wusste, dass Goethe wusste: Es gab sie noch! Das Leben hatte sie kränkeln gemacht, aber weiter für den Hof funktionieren lassen. – Alle Welt wusste um den Mesmerismus; sie brauchte keinen Mesmerismus, um zu wirken! Sie hatte sich selbst einmal mesmerisieren lassen und erinnerte sich gut daran: Vollständige *clair voyance*, Sicherheit im Denken und Urteilen, und man konnte alle seine Projekte zu Ende führen. Ihr war beim Denken so kalt geworden, als trüge sie eine Eisschicht auf dem Körper.

Fünfzehn

Am Abend war Knebel wieder einmal da, zusammen mit seiner Schwester Henriette, die jetzt Erzieherin von Herzogin Louises Tochter Caroline geworden war. Knebel war seit der Parisreise mit den beiden Prinzen Carl August und Constantin, Goethes Urfreund geworden und geblieben. Auf dem Weg zu Carl Augusts künftiger Braut Louise nach Darmstadt hatten sie im Goethe-Haus Am Hirschgraben Station gemacht, und Goethe war sofort mit Carl August und Knebel, damals der Erzieher des Prinzen, ein Herz und eine Seele gewesen. Carl August hatte sich aus der engen Beziehung zu Goethe nie gelöst, Knebel aus Pragmatismus nicht. Mit Knebel unterhielt sie sich viel besser als mit Goethe, der sie nur beobachtete (manchmal hatte sie sich auch belauert gefühlt). – Knebel war groß und knochig, mit einem kantigen Gesicht, fast zwei Meter. Seine Schwester Henriette war auch ein bisschen schön, nur hatten die Blattern ihr Gesicht ein wenig entstellt. Wenn man sie zusammen mit ihrem Bruder sah, konnte man aber leicht darüber hinwegsehen. – In Tiefurt hatte sich Knebel lange mit Prinz Constantin aufgehalten und versucht, ihn ein wenig zu formen. Aber dem Prinzen war Knebel zu ruhig und zu vernünftig. Adlige brauchten die Ratio nicht; denn es gab keinen vernünftigen Grund, warum der Adelsstand nicht höher stehen sollte als Bürger oder Bauern. Caroline von Dacheröden hatte sich über *das Gewebe von Koketterie und Armseligkeit in ihrer Weimarischen Gesellschaft* lustig gemacht. – Kochberg war auch ein Schloss, und es gehörte ihr. – Sie hatte manchen Streit mit Knebel darüber ausgefochten. Knebel hatte ihr gesagt, dass ihn eigentlich in Weimar nichts mehr halte und dass er schon vor der Französischen Revolution *die allgemeine Stagnation und Fäulung der Kräfte* gespürt habe. Er war fortgefahren: *Es ist ein seltsam Ding, wenn man auf unklugen Wegen klug sein will.* Über die Welt, nicht nur die des Hofes, hatte er ihr 1790 geschrieben: *Es gibt nichts Schlechtes, was sie nicht wie ein Gewerb treiben [...] Der Mensch wird fühlen, was er sein kann, wenn er etwas sein darf.* – Als der Geruch der Französischen Revolution deutlich spürbar nach Deutschland herüberwehte, schrieb er ihr: *Sie [die Fürsten] fühlen ihre Zerstörung, und ihr eigener Geruch von Verwesung ängstigt sie und andere.*

In mancher Hinsicht waren seine und Goethes Gedanken fast dieselben. Knebel sagte im Gespräch: *Das heißt für andere leben, wenn man sein eigenes Dasein Wert macht [...] Neid entspringt nur aus Gefühl der eigenen Unvollkommenheit.*

Über Goethes Iphigenie sagte Henriette: *Ich kann mich unmöglich freuen, da mich die langen Reden und die gewichtigen Worte auf der Bühne ermüden. Wenn ich nur ein rechter Tyrann wäre, und es verbieten könnte, dass jemals ein Schillersches Trauerspiel gegeben würde!* Sie war fortgefahren: *Ich will mich erst im Lesen von der Fatigue der drei Stunden langen Aufmerksamkeit erholen.*

Knebel hatte geantwortet: Auch beim Schreiben! *Das Glück muss einem nachlaufen, sonst ist es nichts!*

Henriette antwortete: *„Und der Ennui, den uns das alles stiftet!"*

Achte (vor allem) auf keine politischen Geschwätze. Die mögen von welcher Art sein, als wenn sie wollen, tadelnd oder

148

lobend; man verdirbt sich mit ihnen, wenn man solche nur anhört. – Als aber Bonaparte mit seinen Siegen Europa verschreckte, lief ihm alles hinterher. Wie immer nach einem Krieg lief die Hälfte des besetzten Landes dem Sieger hinterher. Sie wusste es, Knebel wusste es und Bonaparte wusste es auch. – Knebel hatte ihr erzählt, dass er sich den Bonaparte-Marsch hatte abschreiben lassen. *Er hat was Tiefes, Erhebendes*, hatte er hinzugefügt. – Da hätten wir es! Auch Knebel war dem Schatten des *großen Mörders* unterlegen.

Im Juni waren die Geschwister, beide sehr groß, auf einem Hofball in Gotha und hatten Charlotte, die den ganzen Sommer in Kochberg verbracht hatte, davon erzählt. Menschen aller Art und ein Souper von zehn Gängen. Alles machte sich mit abgespreiztem kleinem Finger über die Köstlichkeiten her. Wie es weitergegangen sei, könne sich Charlotte ungefähr denken. Der Ball wurde mit einer Polonaise eröffnet, und da der König von Preußen zu Gast war, eröffnete dieser mit der Erbprinzess von Gotha und dann mit der Weimarer Prinzess das Tanzvergnügen. Als alles vorbei war, ließ man Leuchtraketen steigen. Die Illumination vor der ehemaligen Stadthalterei, dem jetzigen Gouvernementhauses, war sehr artig. Dass Herzog Carl August mit den Prinzen auch da war, verstand sich von selbst. – Am nächsten Tag hatte Henriettes Anbefohlene, die Prinzessin, Zahnweh bekommen, und Henriette und sie machten Pasquillen und Spottgedichte auf das Zahnweh und die Melancolia, *die Schönheit und Hoffnung mit Füßen trat.*

Charlotte sagte, dass sie auch gern dabei gewesen wäre, dass sie aber nicht nur das Zahnweh und Kreuzreißen, sondern auch die Melancolia überfallen hätte.

Sie redeten noch ein wenig über Goethe, und schließlich gingen alle schlafen.

Alle bekamen jetzt Lust, Weimar noch einmal zu sehen, und am nächsten Tag fuhren sie mit Charlottes Kutsche dorthin. Weimar war eigentlich ein Park, in dem eine Stadt lag. Die großen, sonnigen Wiesen entlang der Ilm, von den Pfauen bewohnt, über die sich Goethe einmal bei Charlotte beschwert hatte, weil sie so laut waren. Südlich vom Schloss angelegt, war der Park ohne jede Mauer. In einer halben Stunde hätte man im Lustschloss Belvedere sein können. Goethes Trick war es gewesen, Park und Umgebung ineinander übergehen zu lassen, so dass der Park die Stadt und die Stadt der Park war. In die Felswände hatte Goethe ein paar Grotten schlagen lassen, entweder für sie oder für Corona Schröter. Sie gingen unter Buchen, Eschen, Linden und Eichen und auch dem feinblättrigen Ahorn. Auf einen Säulenstumpf gemeißelt lasen sie die Worte GENIO LOCI. Warum hatte man für das Volk lateinisch geschrieben? Der Park reichte bis unmittelbar vor das neue Schloss. Die Felsengrotte, das Badehaus würden heute nicht einmal dem kleinsten Potentaten genügen, dachte Charlotte. So genügsam und anspruchslos wie sie hatten Goethe und Carl August beieinander gelebt. – *Der Mensch ist doch nicht zu der elenden Philisterei des Geschäftslebens bestimmt,* hatte Carl August einmal aus diesem Badehäuschen an Goethe geschrieben. Manchmal hatte man das Gefühl, Carl August schreibe genauso gut wie Goethe. Er hatte es nur nicht nötig, um seinen Ruhm zu vergrößern. – Bis zum Römischen Haus kamen sie aber noch und lasen die dritte Zeile der Inschrift dort: *Schaffet dem Traurigen Trost, dem Zweifelhaften Belehrungen.* Im Sommer hatte

Carl August das Haus oft allein bewohnt. Sie sahen auch das Steinbecken des ehemaligen Springbrunnens, mit Erde gefüllt. Weil sie so langsam gingen, wurden sie von einigen stillen Spaziergängern überholt. – Keine Aufsicht vor dem Haus, nur ein einzelner alter Soldat, der seine Pfeife rauchte. – Dann noch in den *Stern*, den ältesten Teil des Parks. Knebel war es dort zu feucht, und sie erwarteten jederzeit eine Nymphe aus der Ilm herausspringen zu sehen. Vielleicht Corona Schröter.

Sie fuhren mit Charlottes Kutsche wieder zurück nach Jena, aßen, übernachteten in Knebels Haus und beschlossen, am nächsten Tag noch einmal das Ilmtal in seiner ganzen Schönheit abzuwandern. – Goethe hatte gewusst, dass der Verstand nichts war und dass Gartenkunst und Tanz mehr vermochten als der gesamte verkrampfte Intellekt. – Natürlich hatte Goethe seine Schwesterbeziehung mit ihr, Charlotte, fortsetzen müssen. – Aber nicht nur! Sie hatte gedacht: Ich nähere mich Goethe an und verschlinge ihn. Aber er hatte alles umgedreht und sie verschlungen. – Goethe hatte mit jedem Regime, dem er sich „unterworfen“ hatte, seine Gesinnung gewechselt, vom Patriziat bis hin zum absoluten Fürsten. Nur der Besuch in Potsdam hatte ihm zu schaffen gemacht. Sie würde es jetzt mit ihm genauso machen! – Es ging nur noch ums Überleben! – Aber niemals in Zuständen, wie sie in Frankreich passiert waren. – Obwohl ihr eigentlich Schiller, der in Frankreich Ehrenbürger geworden war, mehr zusagte als das Du mit Goethe. Das war ihr in den letzten Jahren zunehmend klargeworden! – Schiller hätte sie sich nie als Geliebten ausgesucht. – Obwohl er sie damals gut hätte brauchen können. – In jeder Stadt, auch in Weimar, kam es darauf an, in welchem Stand man lebte.

– Goethe war der Schatten hinter dem Fürsten gewesen. – Schiller war, als er hierherkam, fast ein Unberührbarer gewesen. – Schiller hatte immer gezweifelt, ob er Goethe jemals *sehr nahe rücken werde*. Er hatte damals das Gefühl gehabt, dass Goethe ihm an Bildung weitvoraus gewesen war. Er hatte im Heer Carl Eugens das Medizinerhandwerk gelernt. Erst hier in Weimar war er dazu gekommen, sich ein bisschen nach Goethes Weise fortzubilden. Die unbezahlte Professorenfalle, mit der man ihn geködert hatte, hatte Schiller nicht erkannt. War Schiller übertölpelt worden? Es war auch für Schiller Zeit geworden, zu heiraten, etwas, das Goethe (vielleicht durch sie) verpasst hatte. Und sie erinnerte sich daran, dass Schiller einmal zu jemandem gesagt hatte: *Dieser Mensch, dieser Goethe, ist mir einmal im Wege, und er erinnert mich so oft, dass das Schicksal mich hart behandelt hat.* Hätte Schiller sich nicht Goethes *in aller Art geläuterten und verfeinerten Kunstsinn* erworben, hätte er nicht leisten können, was er geleistet hatte. – Schiller glaubte, dass ihm Goethes Kunstsinn in einem Grade mangelte, *der ganz und gar bis zur Unwissenheit geht.* – Sie würde Schiller, der verzweifelt krank war, demnächst in seinem Haus in der Esplanade besuchen gehen. – Dass Goethe Schillers Theaterstück am Weimarer Theater (dessen Direktor er war) hatte aufführen lassen, irritierte sie nicht. Goethe hatte auch die Boulevard-Stücke von Kotzebue und schlechteren hundertfach aufführen lassen. – Schiller und seine Beziehungen? Es musste hoch hergegangen sein zwischen Schiller, Charlotte und Caroline von Lengefeld. – Bei ihr, Charlotte, hatten die Männer zu nehmen, was sie vorfanden und was sie anbot. – Ihr war klar: Schiller hatte von Weimar nichts begriffen! – Mit was für Frauen war er denn zusammen gewesen? – Ehrbare Dirnen, nicht einmal heranreichend an Goethes Philine. Vielleicht war Philine sogar die Ewige Frau. – Um diesem Goethe eins draufzugeben, hatte Schiller gleich zwei Frauen auf einmal geheiratet. Ganz Weimar kicherte darüber. Schiller ließ es sich gutgehen. – Philine war die originellste Frau in Goethes Werk überhaupt. An Lebenswahrheit übertraf sie alle Frauen in seiner Dichtung. Vielleicht hatte Philine sogar auch etwas von ihr selbst.

Was nennst Du denn Sünde? –
Wie Jedermann
Wo ich finde,
Dass man's nicht lassen kann.

Sie wusste, dass Goethe nichts Menschliches fremd war, aber das hatte er von ihr. Sie hatte in ihrem Leben auch ein paar Mal etwas Bedenkliches gemacht und manches sogar Goethe erzählt. Goethe hatte darüber nur gelacht. – Warum hatte Knebel über sie gesagt: *Ohne alle Ziererei und Prätension.* Aber die leichtfertige Hingegebenheit des zigeunernden Theaterlebens hatte sie eher abgestoßen. Wo war da Sicherheit, wo Zukunft? Sie hatte es sich in ihrem Leben auch ab und zu bequem gemacht, aber die Laune, der günstige Augenblick hatten sie nie interessiert. Eigentlich bedeutete Liebe für sie: *Um des Anderen Willen immer besser werden.* – Sie wusste, dass Goethe sich von solchen Frauen wie Corona Schröter angezogen fühlte. Corona Schröter hatte zwischen Goethe und Carl August so geschwankt wie Philine zwischen Wilhelm und Laertes im Wilhelm Meister. Natürlich war das Leben Wirklichkeit, und wenn der Bruder seiner Demoiselle, Christian August Vulpius, in seinen Romanen *wohlgebildete Frauenzimmer* darstellte, so war das Kitsch. Sie fand es toll. Dass Philine *sehr wenig aß und nur den Schaum eines Champagnerglases mit der größten Zierlichkeit wegschlürfte.* Philine war auch eine gute Tänzerin, ganz wie sie, Charlotte, *die zierliche Sünderin.* – *Wortbrüchig* wie Philine war sie, Charlotte, nie gewesen. Wenn sie es doch einmal gewesen war, hatten sie die Umstände, das schwere Leben in Kochberg und Weimar, die Erkrankung ihres Mannes und manchmal auch der Mangel an Geld dazu gezwungen. Vielleicht war sie doch mehr die Adelheid von Walldorf aus dem Götz als die Philine aus dem Wilhelm Meister. Sie selbst unterlief kein Versprechen, nur weil es ihr unbequem war. Sie verschenkte gerne etwas und hoffte nie, etwas wieder zu bekommen. Sie hatte auch starke wissenschaftliche Ambitionen, die eine Philine niemals im Leben haben würde. Das Nixenhafte dieser Frau schrieb sie sich aber selbst zu. Goethe hatte ihr selber einmal geschrieben: *Da Sie eine weise Frau sind!* Wilhelm Meisters Eifersucht konnte sie gut verstehen, denn das war ihr größter Triumpf, wenn Goethe wieder einmal mit Carl August in den Wäldern verschwand und mit den jungen Bauerdirnen miselte. Schauspielern wie Philine musste sie aber auch, das war ihre Existenz. Einmal hatte sie zu Goethe gesagt: *Es müsste eine recht angenehme Empfindung sein, sich am Eise zu wärmen!* Goethe hatte ihren Satz, mit dem sie ihn irritieren wollte, in seinen Wilhelm Meister übernommen und ihn Philine in den Mund gelegt. Philine hatte eine Neigung zum Unheilstiften; die hatte sie auch. Warum war denn Stein so früh gestorben? Sie war eine Chamäleonsnatur, aber keiner merkte es, weil sie äußerlich so gesammelt blieb. Goethe hatte sich ein paarmal in andere Frauen verliebt, aber sie verstand es stets aufs

Neue, ihn zurückzugewinnen. Er müsste sich verachten, wenn er sich nicht änderte, um sich einer Beziehung mit ihr Wert zu machen. Wilhelm Meister war tugendhaft, Goethe nicht. Aber im Grunde war eines in seinem Roman richtig: Der Adel war genauso zweifelhaft wie die Schauspielergesellschaft. Sie, Charlotte, hatte eine andere Art und Weise, mit Goethe umzugehen. Wenn er sich die Haare schneiden ließ, musste er ihr seine Locken abgeben. Aber in prekären Situationen, war Philine so kalt wie sie. Sie knackte dann Nüsse: wirklich und symbolisch. – Und dieser schöne Satz: *Und wenn ich dich liebhabe, was geht's dich an?* – Das war sie, Charlotte von Stein! Sie hatten ja zusammen im Spinoza gelesen, dass der, der Gott liebe, nicht verlangen dürfe, dass Gott ihn wiederliebe. Sie fand es bewundernswert, was man mit der Sprache alles drehen konnte. Aber diese kindlichen Reize von Philine hatte sie natürlich nicht mehr. Für ihr Alter war sie aber immer noch rösch. – *Eine Lust auf ein halbes Jahr,* hatte Philine in dem Roman einmal gesagt. Das war nicht sie, Charlotte von Stein, die mit ihrem bescheidenen und clownesken Ehemann nur an die Zukunft gedacht hatte, auch an die Zukunft ihrer Kinder. – Sie hatte den ersten Teil des Wilhelm Meister immer neben ihrem Bett stehen gehabt und oft danach gegriffen, wenn sie nicht einschlafen konnte. Dieses Buch hatte ihr mehr Trost gegeben als die Bibel. – *Eine Lust auf ein halbes Jahr,* das hatte sich Goethe bei ihr sicher auch gedacht.

Aber vielleicht war sie, Charlotte, eher die Aurelie aus den Lehrjahren. – Das war ihre andere Seite.

Sechzehn

Sie wusste, dass sich die Adelsklasse das, was sie hatte, angeeignet hatte. Es gab überhaupt keinen Staat, auch kein Fürstentum, das nicht aufgrund von Raub oder Brandschatzung entstanden war, jedenfalls am Anfang. Mein Gott, wie locker dieses zersprengte kleine Fürstentum Sachsen-Weimar zusammengesetzt war. Wie ihr Vater sich hatte empornesteln müssen, um irgendetwas vom Fürstenkuchen abzubekommen. Die Häuser der Bauern meistens aus Lehm und Stroh, manchmal wuchsen im Sommer sogar vergessene Ähren aus den Wänden. Weimar war ein Schlosspark mit Bauernhütten drumherum. Die Fenster waren so brüchig, dass der Wind die Petroleumlampen auslöschte. – Goethe kannte die Emilia Galotti auswendig. Aber als er ein halbes Jahr in Weimar war, musste er feststellen, dass Lessing in allen Dingen Recht gehabt hatte. Es blieb für Goethe nur die Frage, auf welcher Seite er stehen wollte und mit welchen Mitteln. Nicht jeder Mensch kommt einmal in eine solche Zwangslage. Aber Goethe kannte seine Begabung, seine Weitsicht, seine Wahrträume und wäre auf der Seite der Emilia oder der Fürstin Orsina mit Sicherheit untergegangen.

Aurelie war, im Gegensatz zu Philine, scharfsichtig. Ihr Unglück hatte ihren Blick für den Anderen mehr geschärft als das Glück. Goethe hatte sie in seinem Roman vorgeführt, als ob er eine Zecke durch sein Mikroskop betrachtete. Sie, Charlotte, hatte das männliche Geschlecht auch von einer merkwürdigen Seite her kennengelernt und erst später an eine Freundin geschrieben, dass sie nicht gewusst habe, wie ein Mann *gemütet* sei. – Ein Mann? – Jeder Mann! – Sie war stolz darauf, dass sie alle ihre Illusionen abgelegt hatte. Vielleicht war auch ihr Verstand zu früh entwickelt worden, und sie hatte zu früh die Dunkelheit der Menschen um sich herum erkannt. Allzu scharf durfte man in die Anderen nicht hineinblicken. In ihr, Charlottes Wesen hineinzublicken, hatte nur Goethe geschafft. Als sich Aurelie in dem Roman einem Mann zuwendet, Lothario, wird Aurelie verlassen wie sie, Charlotte, von Goethe. Sie hatte sich mit offenen Augen hintergehen lassen. Sie hatte beim Lesen des Wilhelm Meister die Aurelie-Passage immer übersprungen, weil sie ihr so nahe war. Jetzt würde sie noch einmal nachschlagen, denn die Herzogin Louise hatte ihr erzählt, dass sie in der Aurelie des Wilhelm Meister sie, Charlotte, entdeckt zu haben glaubte. Konnte man Freundschaft überhaupt mit Liebe verwechseln? – Wilhelm Meister war der echte Goethe, nach ihrem zweimonatigen Aufenthalt mit Lenz in Kochberg. Trotzdem hatte sich Goethe getäuscht. Aurelie war zum Unglück geboren, sie, Charlotte, nicht! – Und vielleicht hatte nicht die Lotte in Wetzlar, sondern die Gräfin Orsina aus Lessings Emilia Galotti auf sie, Charlotte, *vorgespukt. – Eine Frau, die denket, ist ebenso ekelerregend wie ein Mann, der sich schminket,* hatte Lessing die Gräfin Orsina sagen lassen. Sie, Charlotte, war eine Adlige, eine Frau. Und denken konnte sie ziemlich gut! – Bei Werthers Selbstmord hatte die Emilia Galotti aufgeschlagen auf seinem Schreibtisch gelegen. – Es konnte nur der vierte Aufzug, dritter Auftritt sein. Dort sagt die Gräfin Orsina zu der Hofschranze Marinelli:

Gleichgültigkeit! Gleichgültigkeit an die Stelle der Liebe? – Das heißt, nichts an die Stelle von etwas. Denn lernen Sie, nachplauderndes Hofmänschens, lernen Sie von einem Weibe, dass Gleichgültigkeit ein leeres Wort, ein bloßer Schall ist, dem nichts, gar nichts entspricht.

Genauso musste sich Goethe in der Großen Feuerkugel, einem mehrstöckigen Haus in Leipzig, gefühlt haben. – Hatte Lessing mit der Gräfin Orsina eine Frau zeichnen wollen, die Zukunft hatte? – Natürlich.

Warum nur das? Warum bin ich dazu gemacht? Und wenn edler Geist und alle Kraft nur dient, die Zerstörung zu fassen, zu fühlen, oder – sich über sie zu zerstreuen, hatte Goethe in seinem Wilhelm-Meister-Roman geschrieben. – Eigentlich hatten alle Frauen im Wilhelm Meister etwa von ihr, Charlotte. – Ehrgeiz und Politik waren es, die sie und Goethe zusammengebracht hatten. Die Nachwelt würde es nie erfahren. Es war keine Liebe, höchstens ab und zu ein bisschen Sinnlichkeit. Sie würde auch Komödien schreiben und Goethe zeigen, was eine Frau konnte. Sie würde auch länger leben als Goethe. – Tatsächlich hatte auch die für den Götz erdachte Figur der Adelheid von Walldorf, der schönen Intrigantin, auf sie vorgespukt. Im Götz von Berlichingen sagte Adelheid: *Es kostet mich so wenig, ihn glücklich zu machen!* – Und hatte nicht sie, trotz ihrer sieben Geburten, auch Goethe glücklich gemacht? Mit dem schnellen Hinschreiben des Götz hatte sich Goethe in seinem Kopf einen Weg zu ihr, Charlotte, gebahnt. – Alles, was sie tat, hatte einen symbolischen Hintergrund. Sie liebte Philosophie, aber sie wollte nicht denken wie die Philosophen, sie wollte denken wie Goethe und die Leute um ihn herum. Und die dachten manchmal auch wie das Landvolk. Sie wusste aber auch: Die Goethischen Gedanken versuchten einen in ein Gespinst zu locken, aus dem man schwer wieder herauskam. Weil Goethe das kaum schaffte, hatte ihn ihre klare, gradlinige Art zu denken angezogen. Charlotte ahnte, dass ihr *Voriger und Zukünftiger* mindestens genauso klug und intrigant war wie Adelheid von Walldorf. – Sie hatte es ein wenig anders gemacht. Wenn sie sich hart äußerte, äußerte sie sich immer so undeutlich, dass dem Anderen immer noch ein Stück Hoffnung blieb. – Natürlich sollte er vergeblich hoffen! – In der zweiten Phase ihrer Begegnung, also nach fünf Jahren, waren sie einander viel nähergekommen. Aber der tägliche Alltag, die Gewaltritte und Jagden mit dem Herzog, hatten sie immer wieder für Wochen getrennt. Auf ihrer Seite ein halbes Jahr lang die Felder und Wiesen von Kochberg. Sie war fast eine Bäuerin geworden, eine von denen, die von ihrer Hände Arbeit leben mussten und die sie nicht verachtete.

Von allen Frauen in Goethes Schauspielen oder Romanen gefiel ihr am besten die Natürliche Tochter. Goethe hatte die Geschichte den Memoiren der Louise von Bourbon-Conti entnommen, die der Spross des Fürsten Louis François und der schönen Herzogin von Masaron gewesen war. Als sie das Stück in Goethes Handschrift gelesen hatte, war sie aber doch etwas niedergedrückt gewesen. Als es am Weimarer Theater aufgeführt wurde, hatte sie das Gefühl, Goethe rechtfertige darin die Französische Revolution. Natürlich hatten Herzöge und Fürsten „natürliche Töchter". Das war ein öffentliches Geheimnis und jeder Mann in Weimar wusste das auch vom Herzog Carl August. – Die Franzosen hatten *Das*

Schiff durchbohrt, das gegen äußre Wellen geschlossen kämp-
fend sich nur halten kann.

Sie selbst war in Weimar schon einmal *in die Welt
gedrängter Posse* hineingezogen worden. Sie fand die
Fabel der Natürlichen Tochter fast noch platter als die
von Schillers Kabale und Liebe. – Goethe hatte sich ganz
deutlich auf die Seite der Anderen gestellt:

– Wenn das Waltende
Verbrechen zu begünstgen scheinen mag,
So nennen wir es Zufall: Doch der Mensch,
Der ganz besonnen solche Tat erwählt,
Er ist ein –

Natürlich beugte der Herzog das Recht, das wusste
jeder. Es half nur das, was der Adel „Freundschaft" nannte. So war ja auch Goethe in diese Welt hineingeglitten,
und sie hatte ihm dabei geholfen. Ob sie je einen richtigen Preis dafür erhalten würde?

Selbst der Geistliche vergisst,
Wohin er streben soll und strebt nach Gold.

Das wussten alle. Aber keiner hatte es an diesem Hof
gewagt, das einmal auszusprechen oder besser: Es auf die
Bühne zu bringen. Zum Glück hatte Goethe den Schluss
einfach abgebrochen und sich weder um den französischen Adel noch um den weiteren Fortgang der Revolution gekümmert. Sie traute sich nicht einzugestehen, dass
diese Welt bis ins Innerste vermodert war.

Willkürlich handeln ist des Reichen Glück!
Er widerspricht der Forderung der Natur,
Der Stimme des Gesetzes, der Vernunft,
Und spendet an den Zufall seine Gaben.
Unendliche Verschwendung
Sind ungemessene Güter wünschenswert!

Ein *lettre de cachet* konnte einen unbescholtenen Men-
schen ohne eine andere Grundlage als diesen Brief des
Königs (sie meinte Ludwig XV.) in die Bastille bringen.
Goethe hatte das alles gewusst. Und wenn er es gewusst
hatte, war er innerlich vielleicht schon übergelaufen? –
Denn er hatte in dem Schauspiel geschrieben:

Was uns übrig bleibt
Ist ein Gespenst, dass mit vergebenem Streben
Verlorenen Besitz zu greifen wähnt!

Das war doch das ancien régime, das er gemeint hatte.
Hatte das niemand bemerkt? Carl August und Herzogin Louise hatten doch unter den Zuschauern gesessen,
aber Carl August hatte nach der Vorstellung kein Wort
zu irgendjemandem gesagt. Er wusste natürlich, wer
gemeint war, und Knebel hatte schon vor zehn Jahren an
seine Schwester geschrieben, dass der Adel Angst hatte
vor dem, was aus Frankreich auf ihn zukam.

Mein Gott, Goethe hätte sich um seine Gretchen-
Typen kümmern sollen (wenn er mit ihr nicht zurecht-
kam), wie diese Friederike aus Sesenheim. Er hatte mit
ihr den Landpriester von Wakefield gelesen und den
gesamten Roman in dem kleinen saarländischen Städt-
chen und im Kreis ihrer Pfarrersfamilie wiedergefunden.
Ein leibhaftiges Abbild! Natürlich hatte er die naive
Friederike leicht gewonnen: *So war es mir, als ob ich ihr
Herz sähe, das ich höchst rein finden musste, da es sich in so
unbefangener Geschwätzigkeit vor mir öffnete.* – Sie konnte
sich vorstellen, dass er bei allen anderen Mädchen, die
an ihm vorbeigezogen waren, die gleichen Sophismen
gebraucht hatte. – *Jede Lust ist ein verhülltes Leid*, hatte
Jean Paul gesagt, den sie nicht mochte und den sie nur
Richter nannte.

Sie selbst sah sich von Goethe am besten in der Gräfin Leonore von Este im Tasso dargestellt. Mit den Wilhelm Meister-Frauen hatte sie nichts gemein, und wenn Schiller nicht, zwei ganze Jahre lang, den Wilhelm Meister-Roman redigiert hätte, wäre er gar nicht zustande gekommen. – Jedenfalls nicht in der Form, in der sie ihn gelesen hatte. – Der Werther war eine Annonce gewesen, und dieses Adelshaus hatte angebissen. Goethes Romane und Theaterstücke waren weit entfernt von Seelenkenntnis. Wenn Seelenkenntnis da war, hatte Goethe versucht, die Gegensätze bis zum äußersten auszureizen. – Mein Gott, wie sie den Ur-Meister gemocht hatte! Er hatte ihr doch fast die gesamte Erstfassung in die Feder diktiert. Da war er gerade mal siebenundzwanzig gewesen. Zwanzig Jahre später war das Werk veröffentlicht worden. Goethe hatte die ganze Schauspielerszenerie, die fast ein Drittel des Manuskripts ausgemacht hatte, herausgenommen, Schiller zuliebe. Der Wilhelm Meister war sein *geliebtes dramatisches Ebenbild*, so hatte er ihr einmal geschrieben. Sie glaubte, dass das Goethes einziger Weg war, sich vom Druck der Hofluft zu befreien. – „Abstand gewinnen" hieß seine Devise, und über diesem Abstand hatte Wilhelm Meister in dem Roman ein paar Mal bitterlich zu weinen angefangen. Hätte Goethe sich nicht so intensiv um das Fürstentum kümmern müssen und mehr Ruhe gehabt, wäre der Roman längst fertig gewesen. *Es gewährte [ihm] eine reinere Freude als jemals, wenn [er] etwas nach seinen Gedanken gut geschrieben hatte.* Sie hatte ihn zu den Kraftakten angespornt, die ihm noch drei Jahre lang die Ruhe nehmen sollten. Wenn Goethe ihr damals ein paar Seiten diktiert hatte, machte er sich Notizen für das Nächste.

Mit großer Sorgfalt habe ich es durchgegangen, und finde doch, dass man es noch besser machen könnte, hatte er ihr von einer seiner vielen Inspektionsreisen mit dem Herzog geschrieben. Die Hälfte des Wilhelm Meister war (in seinem Kopf) auf dem Pferderücken entstanden. Sie, die Herders, die Imhoff und Knebel waren damals fast sein einziges Publikum. – Wäre die Italienreise nicht gewesen, wäre der Meister nie zu Ende gebracht worden. – Goethe war sehr vorsichtig und wollte, dass das Werk dem Leser erscheinen sollte, als wäre es in einem Zug aus der Feder geflossen. Deswegen hatte er alle Zettel, Notizen und Manuskriptteile vernichtet. – Schiller hatte den Meister wirklich vorwärtsgebracht. Schiller hatte ihm während der gemeinsamen Arbeit an dem Roman geschrieben, dass er im Wilhelm Meister *ein Gefühl geistiger und leiblicher Gesundheit* finde. Schiller war krank, das wusste jeder. *Der Dichter ist der einzige wahre Mensch, und der beste Philosoph ist nur eine Carikatur gegen ihn,* hatte Schiller an Goethe geschrieben.

Nur mit den Einschüben der Susanna Catharina Klettenberg, dem pietistischen Bekenntnis einer guten Freundin von Goethes Familie, hatte sich Schiller zu Anfang nicht abfinden wollen. *Religiöse Schwärmerei ist und kann nur Gemütern eigen sein, die beschauend müßig in sich selbst versinken,* hatte Schiller geschrieben. Sie glaubte, dass Goethe bei diesen Zeilen dunkel gespürt hatte, dass Schiller auch ein Gegner war. Goethe war damals auch jedem Gespräch mit Schiller über den Wilhelm Meister ausgewichen und hatte sich auf Schillers schriftliche Anmerkungen verlassen. Beide aber waren sich einig, dass man *das theoretisch-praktische Gewäsch* aus dem Roman herausnehmen müsse. Eigentlich hatte Schiller ein Jahr nach Erscheinen des Buches eine Kritik in der Jenaischen Literaturzeitung schreiben wollen. Aber es war nie dazu gekommen. – Stand die Geschichte manchmal still? – Nein, sie machte immer größere Fortschritte! – Wer war denn der *Geistesaristokrat*, er oder Schiller? Sie glaubte, dass eher Schiller dieses Beiwort verdient habe. – Aber wie Schiller einen Roman oder eine Tragödie beurteilte, hatte sich gezeigt, wie er ihr Drama *Dido* beurteilt und zum Kunstwerk stilisiert hatte. Goethe hatte damals herumerzählt, dass er nicht wisse, wie ehrlich Schiller es mit seinen Korrekturen gemeint habe. Sie wusste aber auch, *dass es dem Vortrefflichen gegenüber keine Freiheit gibt als die Liebe*. – Goethe wusste natürlich, dass Schiller mit dem Schauspielermilieu nichts anfangen konnte. Und Schiller wusste auch, dass Goethes *realistischer Tic* zu Goethes innerstem Wesen gehörte. Goethe hatte seinen Ideen Körper gegeben. Den Schluss des Romans hatte Goethe ohne Schillers Hilfe geschrieben. Vielleicht hatte er Angst, von Schiller von seinem *realistischen Tic* abgedrängt zu werden. – Schiller verglich den Roman *mit einer schönen Insel, … die zwischen zwei Meeren lag.*

Siebzehn

Was gab es denn für Romane? Wielands Agathon war ihr zu schlüpfrig. Sich dauernd in einer bordellartigen Szenerie wiederzufinden, langweilte sie. Wieland war klug und gebildet, aber ihr Goethe zeigte den Leuten das Leben. Wenn man nicht denken konnte, geriet man in den Sumpf. Wäre Schiller überhaupt in der Lage gewesen, einen großen Roman zu schreiben? – Schiller war nach dem Bruch für sie größer als Goethe. Aber einen Roman? – Goethe wie Schiller hatten, wie wenige Menschen, ihre Eigentümlichkeit erkannt und daraus Literatur gemacht. Der Weg, den sie wählten, war nicht derselbe. Beide bedienten sich nur verschiedener Darstellungsformen. In der Philosophie hatte Schiller es mit Kant gehalten, sie, Charlotte von Stein, zusammen mit Goethe, mit Spinoza. Goethe hatte immer wieder von der *Rigorosität* der Kantschen Philosophie gesprochen. Aber die Kantsche Philosophie war nicht rigoros. Kant hatte für die Leute nur das in Begriffe gebracht, was er in der Höhe seiner Meditation und Geisterwelt erahmet hatte. Sie hatte die ersten achtzig Seiten der Reinen Vernunft, wo es um Raum und Zeit ging, gelesen, und sie hatte alles verstanden. Alles war sonnenklar. Und wenn sie das Anderen sagte oder für sich dachte, war das kein Allerweltsurteil. Sie glaubte, dass Schiller in einer Kunstwelt gelebt hatte und Goethe in der Realität. – Was sie an Schiller gemocht hatte, war sein starker Intellekt, an Goethe manchmal seine leicht obszöne Offenheit. Was

Goethe von der Philosophie hielt, hatte er doch im Faust gesagt.

Goethe hatte gemerkt, dass er schreiben konnte, was er wollte, dass aber ein Dichter (wenn er Erfolg haben wollte) nur im Schatten der Politik nach oben kam. – Jetzt war es Napoleon, der ihn bezirzt hatte. Ihr maßloser FEIND, der ihre Ständegesellschaft, das ancien régime, zerstört hatte und das Recht anstelle der Gunst des Fürsten eingeführt hatte. Goethe sollte angeblich auch ein Rechtsdoktor gewesen sein, aber sie hatte herausbekommen, dass er nur Lizentiat war. – Napoleon war ein Mann. Und hatte er durch seine Heirat mit Joséphine de Beauharnais nicht gezeigt, wie man heutzutage mit einer Frau umging? – Napoleon war ihr ganz persönlicher FEIND. – *Man möchte das Gallenfieber kriegen!* Sie las das *System der Botanik* von Vogt, wie *die Sonne der Erde Gestalten abzwingt, sie freimacht und endlicht.* Wenn Goethe sie in diesen schrecklichen Zeiten besuchen kam, setzte er sich auf einen Stuhl und schlief ein. Das war aus ihrem schönen klugen Favoriten (auch seiner Demoiselle) geworden. Man trank *Möhrenkaffee ohne Zucker*, aß Schwarzbrot, *statt der gewohnten Semmel*. Die Leute hatten weder Pferd noch Wagen und gingen zu Fuß. – Fronarbeit für die Bauern, das Land wurde umgestaltet. Sie hatte viele aus ihrer Bekanntschaft und Umgebung mitgefüttert, und keiner hatte ihr das vergessen. – Als sie Goethe zum ersten Mal sah, hatte sie sich gefühlt wie damals in der Jugend, als ihr Bruder Carl alle ihre Puppen aufgeschnitten hatte. Jetzt lagen sie da und waren zu nichts mehr nutze. Sie hatte in den letzten Tagen sogar ein paar Mal davon geträumt. Sie musste ihre Leben auf neue, bessere Füße stellen als mit Stein. Elf Jahre

Ehe hatten ihrem Körper nicht merklich geschadet. Sie beschloss, noch mehr auf sich zu achten und ihre vielen weißen Kleider tatsächlich nur einmal am Tag anzuziehen. Aber wo bekam sie Rosen fürs Haar her? – Es würde schon alles gutgehen, wenn sie nur Façon und Contenance behielte. Stein war in diesem Augenblick aus ihrem Leben. – *Wenn ich Blut sähe, würde mir's besser werden,* hatte Werther im März 1772 geschrieben. – Sie aber auch: – Bluthochzeit! Dann wären sie und Goethe für immer vermählt. Vor kurzem waren Zigeuner aus Spanien dagewesen, die so etwas vorgetanzt hatten. Sie hatte über dieser Vorstellung die ganze Nacht nicht schlafen können und erinnerte sich an das harte Klappern der Flamenco-Pumps, die sie in einen eigenartigen Reiz versetzt hatten. Sie hätte auch gerne so getanzt, aber sie hatte das Gefühl, dass das Wesen dieses Tanzes ihr nicht angehörte. Eine solche Vorstellung in einem Krieg, der sich vor allem gegen die Zivilbevölkerung richtete. – Natürlich nicht gerechnet die riesige Zahl von Uniformierten in allen Heeren, die in Planquartraten gegeneinander vorrückten, um sich gegenseitig mit schweren Artilleriekugeln, Gewehren oder Bajonetten zu töten. – Sie war eine Reformierte, wie die Lotte aus Wetzlar. Die Handschrift Zwinglis und Calvins. Mit zwei solcher Leuchtpunkte, wie Zwingli und Calvin, konnte man eine schöne Ellipse zeichnen. Sie wusste, dass Goethe wusste, dass sie ihn über ihr augenblickliches Verhältnis zu Gott täuschte, er sie aber auch. Ja, sie bediente sich auch der Religion, wie der Herzog, der vom Volk zerrissen worden wäre, wenn er nicht jeden Sonntag zusammen mit seiner Frau in die Kirche spaziert wäre und sich Herders Predigt angehört hätte. – Was war es, dass Goethe so tief an sie gebunden hatte? Jetzt wusste sie es: Es war ihre Zwiespältigkeit, fluidal, ambivalent, schwankend. Vielleicht lag es auch daran, dass sie auch zu Frauen tiefe Freundschaften unterhalten konnte. Goethe hatte mit ihr darüber diskutiert, aber die Tiefe dieser Freundschaften nicht verstanden. Natürlich war sie mit Knebel zusammen gewesen, auch mit Dürkheim. Mit Roth? – Wahrscheinlich. – Sie erinnerte sich nicht mehr. – *Ohne jede Ziererei und Prätension*, hatte Knebel über sie gesagt. Den Reiz des Zwielichtigen, der von ihr ausging und der nicht nur Knebel anzog, hatte er nicht erkannt. Selbst wenn die Männer es sich bewusst machten, begriffen sie es nicht. Die Zwielichtigkeit der Frau war es auch, die Goethe zum Schreiben gebracht hatte. – Aller Frauen, auch derjenigen vor ihr! – Viele Männer fielen bei ihrem Anblick in eine glückliche Betäubung, obwohl sie mittelschön war und nichts dazu getan hatte. Ob sie heuchelte? – Nein, sie hatte wirklich nichts getan. Oder sie wusste es nicht. Sie hatte von Goethe gelernt, dass es im Menschen Areale gab, in die weder das Bewusstsein, noch die Seele, noch die Intuition gelangen konnte. Goethe hatte die Forderung *erkenne dich selbst* immer als eine *Forderung geheimverbündeter Priester* betrachtet. Er konnte wütend werden, wenn man ihn dazu anhielt, sich selbst zu erkennen. Für Goethe war der Verstand gerade fürs Alltagsleben tauglich, vielleicht auch für die Philosophie. Aber half die Philosophie gegen die großen Lebensfragen? Sie hatte mit ihrer direkten Art mehr Macht über manche Männer gewonnen als die tiefste pietistische Seelenforschung. Sie hatte vor dem Einschlafen oft in ihrem Bett gelegen und nichts von diesen Wahrheiten geahnt. Wenn die Philosophen von Wirklichkeit sprachen, meinten sie

Begriffe. Wirklichkeit war ein funkelndes, neues Leben. Sie wusste, dass sie durch die vielen Bekannten Goethes doch zu ihm hinübergeschlüpft war und dass es auch ihr Körper war, der ihn zu ihr hingezogen hatte. Das war Wirklichkeit. Die einzige körperliche Vertrautheit zwischen ihnen war ihr beider Schweigen gewesen.

Als Schiller noch gelebt hatte, hatte ihr Goethe von Schillers Wallenstein erzählt, noch bevor sie ihn auf der Bühne gesehen hatte. – Nachdem sie ihn gesehen hatte, hatte sie die Großherzigkeit der Gräfin Terzky, der größten menschlichen Gestalt in dem Theaterstück, nachdrücklich beeindruckt und sich in ihr Herz gebrannt. – Wallensteins Verrat am Kaiser, seine Eigenmächtigkeit, das Heer in Pilsen zu stationieren, zogen ihm schnell Misstrauen und Hass zu. War es denn Goethe anders gegangen? Wallensteins Finten, seine Scheinrücktritte hatte den Feldherrn im ganzen Theaterstück in immer größere Notlagen gebracht. Schiller verstand es, so etwas voranzutreiben. Goethe nicht. Trotzdem waren seine Theaterstücke manchmal besser als die Schillers. Als Wallenstein mit den Schweden paktieren will und sein Unterhändler in Gefangenschaft gerät, ist die Grundlage seiner Macht schon gebrochen. Er zieht sich nach Eger zurück, und den Mord an Wallenstein hatte sie schon immer als bösartig empfunden. Gab es Menschen, die nicht adlig waren und doch groß? – Sie selbst hatte sich immer viele Möglichkeiten offengehalten. Manchmal hatte sie das Leben aber doch zu einer Entscheidung gezwungen, wie bei Goethe. Schnell war dabei gar nichts gegangen. Goethe hatte sich im politischen Handeln fast noch raffinierter angestellt als Wallenstein. In seinen Dramen waren es unentschlossene Männer und merkwürdige Ladys, die die Handlung schließlich ans Ende brachten. – *Zerfallen sehen wir in diesen Tagen / die alte feste Form*, so hatte es im Prolog gestanden. Vielleicht hatte Schiller, ohne es zu wissen, ihre Zeit, die Zeit des *großen Mörders*, Napoleon, vorausgesehen und abgespiegelt. – Wallenstein war einer der Ersten gewesen, bei dem die Soldaten sich ihren Sold durch Plünderungen holen durften. In Goethes Campagne in Frankreich hatte sie gelesen, dass es auch im Heer der Alliierten solche Auswüchse gegeben hatte. Die Trennung der Kirchen im Dreißigjährigen Krieg hatte eine politische Trennung ganz Europas zur Folge gehabt. Aber ohne den halben Sieg der Protestanten hätte sie heute ihren Calvinismus nicht leben können. Goethe seinen Pietismus auch nicht. Sie wusste, dass es im Süden Deutschlands und Europas Menschen gab, die die Lehren Luthers und Calvins verabscheuten. Ihr eigener Glaube konnte sich seiner auch nicht so sicher sein. – Die Dilettanten, die die Probleme der Politik zu lösen versucht hatten, waren am Ende in den Napoleonischen Kriegen gestrandet. – Mann und Frau. – Syndromale Helfer und Helferinnen für Adel und Bürgertum, so wie sie eine war. Erst mit Goethe hatte ein Mensch auf der Welt dokumentiert, wer er war und welche Abgründe in ihm ruhten. Würde man später noch über sie reden? Goethe hatte alle wichtigen Dokumente beiseitegebracht.

Im Übrigen hatten fast alle Kriege in der Welt nicht anders angefangen als der Dreißigjährige. Nur bei den Napoleonischen Kriegen war es etwas anders gewesen, weil es Bonaparte darum gegangen war, die Ideen der Französischen Revolution in Europa auszubreiten und Gesetz werden zu lassen. Die Adelswelt war hinüber, aber

im Kopf der Menschen würde sie sich noch lange halten.
– Das schöne, intellektuelle Exposé, das Schiller über die
Entstehung und den Verlauf dieses geradezu mittelalter-
lichen Dreißigjährigen geschrieben hatte! Streitigkeiten
zwischen Protestanten und Katholiken gab es im Fürstentum Sachsen-Weimar nicht mehr, denn es war vollkommen protestantisch. Pietistisch, ja fast calvinistisch.
Selbst das Herrscherhaus asketisierte sich, jedoch ohne
sich einzuschnüren. Bettelmönche waren sie nicht, aber
zum großen Teil die Weimaraner. Sie wusste, dass es in
anderen Teilen Deutschlands, besonders in den südlichen,
ganz anders war. Die Trennung der Konfessionen hatte
eine fortdauernde politische Trennung zur Folge gehabt.
– Sie stellte sich vor: Alles dies hatte die Religion bewirkt!
Und jetzt verspritzten die eingezogenen und geduckten
Männer (sogenannte Soldaten) ihr Blut für das, was sie
für die Wahrheit hielten. In Wirklichkeit zum Vorteil der
Ständeordnung. Ob Napoleon die Menschenrechtserklä-
rung der Revolutionäre überhaupt gelesen hatte? Wenn
das Volk an die Interessen des Regenten nicht glaubte,
schob man ihm eine neue Strohpuppe vor. Damals hatte
sich der Hass der Protestanten gegen Österreich gekehrt.
Im Augenblick waren es die Folgen von Luthers Revolution, ohne die die französische nicht denkbar gewesen
wäre. Das Religionsinteresse hatte damals das Nationa-
le überwunden, jetzt waren es die Ideen von Freiheit,
Gleichheit, Brüderlichkeit, die auch weitauseinander-
liegende Völker vereinten. – *Wären es übrigens nur Meinungen gewesen, was die Gemüter trennte – wie gleichgültig hätte man dieser Trennung zugesehen! Aber an diesen
Meinungen hingen Reichtümer, Würden und Rechte,* hatte
Schiller in seiner Geschichte des Dreißigjährigen Krieges

geschrieben. – Das galt heute so wie zu allen Zeiten. – Wie hatte es Napoleon nur schaffen können, der Guillotinierung zu entgehen? Schiller hatte geschrieben: Wenn das Recht nicht entscheiden kann, tut es die Stärke, und so geschah es hier. – Durfte man das, was Schiller *Recht* nannte, mit Gewalt durchsetzen? – Was war überhaupt das Recht, wenn niemand die Menschen zwingen konnte, sich danach zu richten? Carl August hatte sich den Preußen gegen Napoleon angeschlossen. Aber Goethe trug Napoleons Orden der Ehrenlegion, den der Potentat ihm persönlich verliehen hatte. Öffentlich und demonstrativ. War die Existenz eines Fürsten damals vom Glaubensbekenntnis abhängig gewesen, so war sie heute von dem abhängig, was sie, Charlotte, eine Ideologie nannte. Die Vorrechte des Adelsstandes waren gottgegeben, und niemand hatte daran zu zweifeln. – Damals, nach dem Frieden von Münster und Osnabrück, hatte man die protestantische Kirche, ihre Kirche, nur geduldet. Trotzdem hatte diese Duldung die Grundpfeiler der katholischen Kirche erschüttert. – Zu keinen Zeiten hatten sich Menschen von dem, was sie Jahrtausende geprägt hatte, trennen können. – Sie, Charlotte, hoffte, dass die Restauration bald zurückschlagen würde. Sie hatte schon ein paar Mal den Namen Metternich gehört, der vielleicht am Ende die Gegner, es waren auch ihre Gegner, züchtigen konnte. Recht hieß neuerdings, die Parteien durch neuartige Begriffskonstruktionen zu hetzen. Sie hatte in ihrem Leben mehr als auf das Recht, immer auf die Gunst des Fürsten gezählt. Und sie war nicht schlecht dabei gefahren. Besser als Schiller hätte es damals keiner zeigen können. Und obwohl Schiller tief im Herzen die Revolution bejahte, liebte und verehrte sie ihn von ganzem Herzen.

– *Nicht alle lichtvolle Politik*, hatte Schiller geschrieben, hatte den Mut, sie auch *in Handlung zu setzen. – Solange die Weisheit in ihrem Vorhaben auf Weisheit rechnet oder sich auf ihre eigenen Kräfte verlässt, entwirft sie keine andere als schimäre Plane und die Weisheit läuft Gefahr, sich zum Gelächter der Welt zu machen.*

Mein Gott, Schiller! Er hatte eine Ehe zu dritt geführt, die beiden Schwestern Lengefeld waren seine Frauen. Er hatte immer etwas Rötliches, Verschnupftes gehabt. Goethe gefiel ihr viel besser. Aber Goethe klebte (im Gegensatz zu Schiller) immer *etwas Koth* an seine Figuren, besonders an die Frauen. Sie war eine Adlige, und die Frauen in Deutschland waren *geduckt* genug, hatte sie in einem Brief an Knebel geschrieben. – Waren Schillers Sachen wertvoller als Goethes? – Wer konnte das überhaupt beurteilen? Sie erinnerte sich, dass ihr neue Romane und Gedichte gefielen (gleichviel von wem), die für sie vor dreißig Jahren contra gewesen waren.

Die Französische Revolution hatte Frankreich und auch einige Nachbarländer durchrauscht. Schiller, der in Weimar auf keinen Fall als Revolutionsfreund hatte auffallen wollen, hielt sich zurück, selbst im persönlichen Gespräch. Er schwieg. Er antwortete Friedrich Reichardt, der für seine Zeitung um einen Beitrag gebeten hatte: *Ich bin herzlich schlecht darinn bewandert, und das im buchstäblichsten Sinne!* Und weiter: *dass ich gar nicht in meinem Jahrhundert lebe.* – Dennoch war ihm 1792 im revolutionären Frankreich der Titel *Bürger Frankreichs* verliehen worden. Charlotte von Stein schrieb an Schillers Frau, die auf Charlotte hörte: *Es ist mir lieb, dass er ein Deutscher ist, sonst wäre Schiller schon lang unter der Guillotine.* – Schiller aber wollte in Weimar aufsteigen und spekulierte auf das

173

Adelsdiplom. In Frankreich nannte man ihn Monsieur Gille. Schiller war es klar, dass er mit seinen Schriften auf Dauer mehr für die Revolution tun konnte als mit Tagespolemik. Für sie, Charlotte von Stein, war *das französische Bürgerrecht ein Banditengesetz.* Das hatte sie an Charlotte von Kalb, die Schiller auch einmal gefördert hatte, geschrieben. – Während Schiller zum *citoyen français* ernannt wurde, hatte sich Carl August zusammen mit Goethe, der Campagne in Frankreich angeschlossen. Die endete für Carl August und Goethe mit einem Fiasko. Die französischen *sansculottes* waren beweglicher, besser bewaffnet und hatten einen Grund, ihr Vaterland zu verteidigen. Goethes Campagne in Frankreich war dreißig Jahre nach dem Ereignis erschienen, und das Buch führte den gesamten gescheiterten Feldzug noch einmal vor Augen. – Gott sei Dank, dachte sie, Schiller hätte damals um ein Haar beinahe ein Memoire zur Verteidigung von Ludwig XVI. geschrieben. Aber nach dem Terror war Schillers Distanz zu den französischen Zuständen immer weiter gewachsen. Er fand in Frankreich *eine verderbte Generation*, die das Land *in Barbarei und Knechtschaft zurückgeschleudert* habe. – Mein Gott, Schiller, der diese wunderbaren klaren und vernünftigen Sachen geschrieben hatte. Schiller war danach ganz schnell Mitglied des Thüringischen Adels geworden.

Mit Goethe war er dennoch einige Jahre auseinander. Doch inszenierte Schiller für Goethe auf der Weimarer Bühne den Tasso und die Iphigenie, Schmerzenskinder Goethes, die dieser fertig und halbfertig aus Italien mitgebracht hatte. – *Sie haben ein Königreich zu regieren, ich nur eine etwas zahlreiche Familie von Begriffen,* hatte Schiller an Goethe geschrieben, um endlich mehr Wertschätzung und Zusammenarbeit zu erreichen. – Goethes Römische Elegien machten noch einmal Skandal. Aber mit Zwinkern in den Augen hatten die Erotica Romana doch viele deutsche Bürger gelesen. Goethes Freundin Christiane Vulpius wurde von Schiller und den meisten Weimarer Bürgern, besonders vom Adel, als ein *rundes Nichts* betrachtet. Charlotte von Steins Spitzname in Weimar war *Die Decenz.* Und Schiller schrieb über Goethes häusliches Verhältnis, *welches abzuschütteln er leider zu schwach und zu weichherzig ist.* Schiller nannte Goethes Lebensgefährtin aber auch eine junge Frau aus der *Weimarischen Armuth.*

Christiane Vulpius kam aus einer ähnlichen Schicht wie der Pfarrer von Wakefield, die Hauptfigur im meistgelesenen Buch ihrer Zeit. Christiane wusste, dass ihre Familie mehr Gelehrte hervorgebracht hatte als die Familie Goethes. Ihr Bruder, für den sie die sogenannte Bittschrift überbracht hatte, war der angesehenste Unterhaltungsschriftsteller ihrer Zeit. Vielleicht sogar noch vor Kotzebue. Christiane war nicht dumm, ihre Rechtschreibung war fast genauso schlecht wie die von Goethes Mutter. Sie hatte den ganzen Pfarrer von Wakefield gelesen und mit Goethe (der das Buch schon in seinem Werther zitiert hatte) darüber gesprochen. Manchmal sogar *während das Holzbettchen knarrte.* Im Mittelpunkt des Romans stand der Landpfarrer Primerose, der ein einfaches, abgeschiedenes Leben in der englischen Provinz führte. Gegen die Intrigen eines Landesjunkers, der es auf seine beiden Töchter abgesehen hatte, setzte er sich klug, geduldig und optimistisch durch. Es gab das, was die Engländer ein Happyend nannten, und die Familie Primerose, so hieß der Priester, war wieder zusammen.

So oder ähnlich verliefen eigentlich alle sogenannten Schicksalslinien in den Romanen der Zeit. Christiane hatte einige, auch die *Clarissa* gelesen. Die Intellektuellen der Zeit, und das waren fast nur die Geistlichen, wehrten sich gegen Übergriffe der höheren Stände mit einer Mischung aus Naivität und Intelligenz. Der Roman von Goldsmith wurde in fast alle Sprachen übersetzt, und sie, Charlotte, hatte ihn natürlich auch ein paar Mal gelesen. Und er hatte ihr gefallen. Was Goldsmith in dem Buch über die Literaturszene sagte, stimmte auch heute noch. Goethe hatte ihr fast genau dasselbe erzählt. Schiller auch!

Herder hatte ihn in Straßburg, wo er einen Jurakurs absolvierte, auf den Roman aufmerksam gemacht, und Goethe und ein paar Freunden den ganzen Roman (so lang war er ja nicht) *ernst und schlicht* vorgelesen. Herder hatte gewusst, den Ton zu treffen, in dem dieser Roman am besten wirkte: *Ohne monoton zu sein, ließ Herder alles in einem Ton hintereinander folgen, eben als wäre nichts gegenwärtig, sondern alles nur historisch.* Durch diese Art des Vortrags waren die handelnden Personen wie Schatten an den Zuhörern vorbeigezogen. Goethe hatte in Dichtung und Wahrheit geschrieben: *Doch hatte diese Art des Vortrags, aus seinem Munde, einen unendlichen Reiz.* – Primerose, dem Landgeistlichen, war es gegeben, *die Menschen ins Leben zu führen, für ihre geistige Erziehung zu sorgen, sie bei allen Hauptepochen ihres Daseins zu segnen.* – Sie, Charlotte, erinnerte sich, dass dieser Geistliche im Werther als Pfarrer unter den Nussbäumen wieder auftauchen würde. Goethe hatte ihr einmal gesagt, dass der Verfasser *Doktor Goldsmith ohne Frage große Einsicht in die moralische Welt, in ihren Wert und ihre Gebrechen gehabt habe.* Goethe setzte auch voraus, *dass meine Leser dieses Werk kennen und im Gedächtnis haben.*

Damals, nach Herders Vorlesung, hatte Herder bei Goethe *das Übermaß von Gefühl, dass mir von Schritt zu Schritt mehr überfloss,* getadelt. Aber Goethe hatte in seinem Lebensroman Dichtung und Wahrheit auch geschrieben: *Ich empfand als Mensch, als junger Mensch.* Goethe hatte keine Lust das Werk als *Kunstprodukt* auf sich wirken zu lassen, sondern er *sah Kunstwerke wie Naturerzeugnisse auf sich wirken.* – Sie hatte danach den Pfarrer von Wakefield auch noch einmal gelesen, und am besten hatten ihr die moralischen, lebensklugen Kapitelüberschriften gefallen, die vielleicht auch ohne den nachfolgenden Text gewirkt hätten. – In seinem Lebensbuch Dichtung und Wahrheit hatte Goethe kurz nach der Auseinandersetzung mit Goldsmith von der Begegnung mit Friederike Brion berichtet. Sie, Charlotte, wusste seit langem, dass sich Romane einen suggestiven Weg ins Leben der Lesenden bahnten. Goethe hatte in Dichtung und Wahrheit, als er von Friederike erzählte, alle seine Komplimente an Friederike berichtet, die er ihr, Charlotte, auch gemacht hatte.

Goethe hatte in Dichtung und Wahrheit (Zweiter Teil, Zehntes Buch) geschrieben, dass ihm jemand gesagt habe, er *sei zum Volksredner geboren.* Goethe gestand sich aber mit dem letzten Satz des Zehnten Buches ein, dass wäre *leider ein verfehlter Beruf gewesen.*

Charlotte sah sich um und begriff, wo sie war. – Zu Hause! Sie zog die Gedichte der Göschen-Ausgabe aus dem Regal und las Goethes Gedicht, das ihr am besten gefiel, in dem Schein der Petroleumlampe:

Eigentum

Ich weiß, dass mir nichts angehört
Als der Gedanke, der ungestört
Aus meiner Seele will fließen,
Und jeder günstige Augenblick,
Den mich ein liebendes Geschick
Von Grund aus lässt genießen.

Nachwort

Dieser Text ist nicht nur ein Erzähltext, sondern auch ein Montagetext. Ich erzähle die Geschichte von Charlotte von Stein in der erlebten Rede. Die Quellen, auf die ich mich stütze, sind immer kursiv gesetzt. Wenn es nötig ist, kann ich alle Belegstellen nachweisen. Allein der Titel (aus einem Brief Charlottes an ihre Schwester) steht fast wörtlich im Werther. Es ist mein Charlotte-Bild. Ich wollte eine romaneske Darstellung dieser ungewöhnlichen Frau geben und begann die Geschichte ein halbes Jahr nach ihrer Beziehung mit Goethe, als sie sich zur Überlegung und Reflexion für sechs Wochen nach Pyrmont zurückzog. Natürlich war sie dort mit Zimmermann zusammen, dem begabtesten und begehrtesten „Psychoanalytiker" der Aufklärungszeit. Im Laufe des Romans entwickelt sich ihr Denken, sie wird selbständiger und kritischer. Über die Ehe mit Stein kann man wenig sagen. Aber es gibt die gut recherchierte Biographie von Jan Balling. So kann ich versuchen, auch etwas über Stein zu schreiben. Das ist das Recht des Romanschreibers und Rechercheurs. Die Quellenlage und der Stil zwangen mir ein Denken der Figuren auf, das „leserfreundlich" sein musste. – Charlotte, Carl August, Stein, Goethe, Corona Schröter, das ist eine Melange, die nachträglich nur mit Sprache zu entwirren ist. Sprache ist nicht Wirklichkeit, und so wird man auch hier „der Herren eigener Geist" vorfinden. – Ich wollte mich nicht in Literaten- oder Germanistenfehden einmischen. Der Versuch, den vielen Rätseln in Goethes Leben auf den

Grund zu gehen, wird auch in den kommenden Generationen nicht aufhören. Auch ein kleines Moment, das
Goethe zum Weltliteraten macht. – Ich weiß keine politische Alternative und kann auch in der Literatur keine
Gegenwelten, höchstens Utopien, entdecken. Vielleicht
liege ich damit falsch, aber das zeigt nur, wie schnell sich
eine Meinung von heute auf morgen ändern kann. – Ich
bin kein Kontinuum, und manchmal denke ich, man
müsste sich mehr um die Neophilosophie kümmern. Ich
will nicht näher darauf eingehen, aber in meinem Van-
Hoddis-Buch, besonders in der Erzählung „Célestine“,
habe ich mich damit auseinandergesetzt.

J. K.

Über den Autor

Jens Korbus studierte Germanistik, Philosophie und ein bisschen Schwedisch. Er war Assistent am Germanistischen Institut der Universität Düsseldorf und ging dann in den Schuldienst. Für seinen *Brief an Goethe* bekam er einen der höchsten Literaturpreise in Rheinland-Pfalz, den Fachinger Kulturpreis. Seine Veröffentlichungen umfassen 35 Bücher, acht davon über Goethe, dessen Umfeld und Motive aus dessen Werk. Darüber hinaus hat er auch einiges über seine Heimatstadt Koblenz und über Ostpreußen geschrieben, das Land, aus dem seine Eltern stammen.

Kleist · Goethe · Hölderlin
96 Seiten
ISBN 978-3750434172
€ 8,90 (Taschenbuch)
€ 2,99 (Ebook)

Das Geschenk & Karlsbad tanzt
Zwei Erzählungen über Goethe
84 Seiten
ISBN 978-3749433322
€ 8,90 (Taschenbuch)
€ 2,99 (Ebook)

Mein Goethe
396 Seiten
ISBN 978-3752832297
€ 15,90 (Taschenbuch)
€ 6,49 (Ebook)